KB065169

로크미디어가
유혹하는
재미있는 세상

ROK
MEDIA
로크미디어

무인환생 1

2023년 1월 10일 초판 1쇄 인쇄
2023년 1월 13일 초판 1쇄 발행

지은이 윤신현
발행인 강준규

기획 이기헌 왕소현 박경무 강민구 조익현
책임편집 금선정
마케팅지원 이원선

발행처 (주)로크미디어
출판등록 2003년 3월 24일
주소 서울시 마포구 마포대로 45 일진빌딩 6층
Tel (02)3273-5135 Fax (02)3273-5134
홈페이지 rokmedia.com E-mail rokmedia@empas.com

ⓒ 윤신현, 2023

값 9,000원

ISBN 979-11-408-0601-0 (1권)
ISBN 979-11-408-0600-3 04810 (세트)

武人還生

1

윤신현 신무협 장편소설

무인환생

차례

제1장 젠장! 또 환생이야?

칠흑처럼 깜깜했던 세상에 빛이 들어오기 시작했다.

아니, 빛이 보이기 시작했다.

세상이 서서히 밝아졌던 것이다.

그 사실에 그는 자기도 모르게 절규했다.

"또야? 또냐고!"

"도, 도련님?"

"고, 공자님?"

한순간에 밝아지는 세상에 눈을 뜬 소년이 주먹을 번쩍 들고서 소리쳤다.

병약한 얼굴과 비쩍 마른 몸에서 나오는 소리라고는 믿기 힘든 포효와 박력이었다.

그래서인지 침상 근처에서 간호를 하고 있던 일남일녀가 화들짝 놀라며 자리에서 벌떡 일어났다.

　"대체 나한테 왜 이러는 건데! 응? 뭐가 불만이야! 말을 해, 말을! 난 만족하며 죽었었다고!"

　"도련님! 왜 그러세요!"

　죽은 것처럼 잠만 자던 소년이 갑자기 일어나 허공에 대고 악을 쓰는 모습에 하녀 복장을 한 중년 여인이 눈물을 주르르 흘리며 팔을 붙잡았다.

　지금 보이는 모습은 누가 봐도 미치광이와 같아서였다.

　그리고 그 옆에는 소년과 비슷한 또래로 보이지만 덩치는 장정과 비교해도 뒤떨어지지 않는, 오히려 장정보다 더한 거구의 소년이 그렁그렁한 눈으로 쳐다보고 있었다.

　"하아."

　번쩍 뻗은 자신의 팔을 붙잡으며 애달픔과 안쓰러움으로 가득한 눈빛을 보내오는 중년 여인을 쳐다보며 소년이 고개를 저었다.

　잠깐 사이지만 극과 극의 감정 기복을 보였던 것이다.

　'확실히 다른 사람의 눈에는 내가 미친놈으로 보이겠지.'

　눈을 뜬 그, 아니 이제는 석진호라는 이름을 가지게 된 그가 다시 한번 깊은 한숨을 내쉬었다.

　그런 그의 뇌리에는 석진호라는 아이의 기억이 천천히 떠올랐다.

무인환생

짧다면 짧고 길다면 긴 십칠 년의 인생이 주마등처럼 스쳐 지나갔던 것이다.

마치 그의 적응을 도와주겠다는 듯이 말이다.

"도련님? 의원을 불러올까요? 역시 의원님께 진찰을 받으셔야……."

"괜찮아, 유모. 악몽을 꾼 것뿐이니까."

"악몽요?"

석진호의 대답에 유모의 얼굴에 수심이 깊게 떠올랐다.

안 그래도 요 며칠 새 석진호는 밤에 도통 잠에 들지 못했다.

아니, 깨어 있어도 산 사람처럼 행동하지 않았다.

"응. 누워 있으면 괜찮아질 거야."

"……또 누워 계시려고요?"

"걱정하지 마. 잠은 안 잘 거니까."

"정말이죠? 정말 다시 안 주무실 거죠?"

"응. 생각을 좀 정리하려고. 그러니 둘 다 나가 줬으면 하는데."

석진호의 시선이 유모와, 피 한 방울 섞이지 않았지만 진짜 형제처럼 어려서부터 함께 자라 온 종복 탁윤을 향했다.

그러나 그의 축객령에도 불구하고 둘은 꼼짝도 하지 않았다.

가족이나 마찬가지였기에 걱정되어 선뜻 일어나지 못하는

것이었다.

대신 둘 다 눈동자만 데구루루 굴렸다.

"어……."

"정말 괜찮다니까. 내 눈이 미친놈의 눈처럼 보여?"

"조, 조금은요?"

"참, 나."

이번만큼은 직언을 하겠다는 듯이 시선을 피하며 대답하는 유모의 모습에 석진호가 실소를 흘렸다.

하지만 그게 이해하지 못하는 것은 아니었다.

분명 방금 전의 행동을 떠올려 보면 이러는 것도 이해는 됐다.

"그럼 식사부터 하시는 건 어떠세요? 이틀 내내 아무것도 안 드셨는데. 심지어 물도 안 드셨어요."

"한 시진 후에 가져다줘. 그동안 생각 좀 정리하게."

"알았어요!"

이틀 만에 무언가를 먹겠다고 대답하는 말에 유모가 그제야 웃으면서 자리에서 일어났다.

그러자 탁윤도 유모를 따라 조심스럽게 몸을 일으켰다.

"부탁해."

"맛있게 만들어 드릴게요!"

유모가 한시름 놓은 얼굴로 탁윤을 이끌고서 방을 나섰다.

석진호의 부탁대로 혼자만의 시간을 주기 위해서였다.

武人還生
무인환생

하지만 탁윤은 유모의 손에 이끌려 나가면서도 연신 걱정스러운 눈으로 석진호를 쳐다봤다.

그러나 석진호는 생각에 빠져 그 시선을 느끼지 못했다.

달칵.

이윽고 두 사람이 방을 나가자 무거운 정적이 안을 가득 채웠다.

찬 바람에 가뜩이나 병약해진 석진호가 감기에 걸리지는 않을까 싶어 창문도 모조리 닫아 두었기에 실내에는 침묵만 내려앉았다.

"다 끝난 줄 알았는데 말이지."

편하게 침상에 누우며 석진호가 턱을 쓰다듬었다.

죽음은 너무나 익숙했기에 생이 끝나는 것을 느낄 때 그는 편안히 잠들었다.

꿈이자 야망을 모두 이루었기에 처음으로 미련 없이 눈을 감았던 것이다.

그리고 이 빌어먹을 환생도 같이 끝날 줄 알았다.

"그런데 니미럴."

계속해서 이어지는 환생에 그는 당연히 이유가 자신의 미련 때문이라고 생각했다.

무인이 되고 싶다.

강자가 되고 싶다.

그리고 결국 천하에 우뚝 서고 싶다.

남자라면 자연스레 가지게 되는 꿈이자 목표.

첫 환생을 하기 전 그가 품었던 야망이 바로 이것이었다.

하지만 세상은 결코 녹록지 않았다.

아무것도 없이 불알 두 쪽만 가지고 태어난 그가 고수가 될 확률은 전무했다.

첫 번째 삶에서, 시전에서 사서 익힌 삼재검법과 삼재기공을 어쭙잖게 익히고 중원을 돌아다니다가 산적의 손에 죽임을 당한 후 그는 깨달았다.

자신이 전생의 기억을 고스란히 가지고서 다시 살아날 수 있다는 사실을.

그러나 이상하게도 태아로 태어난 적은 없었다.

늘 십 대 초반에서 십 대 후반의 몸을 차지했다.

"이번 녀석은 자기 비관 끝에 자살인가."

기운이라고는 하나도 없는 육신을 느끼며 석진호가 쓰게 읊조렸다.

팔을 드는 것조차도 힘겨울 정도로 몸뚱이에는 힘이 없었다.

근육은 최소한만 남고 다 녹아 버린 뒤였고.

하나 그렇다고 해서 그는 석진호를 욕하지 않았다.

"마음의 병만큼 무서운 병도 또 없으니까."

질병에는 그에 맞는 약이 있었다.

무릇 모든 독에는 해독법이 있는 법이고.

무인환생

하지만 마음의 병은 달랐다.

스스로 해결하지 않는 이상 답이 없었다.

"그래도 이번에는 집안이 좋네. 늘 혈혈단신이었는데."

석진호가 마음대로 혼잣말을 중얼거릴 수 있는 이유.

그건 서출이기도 했지만 가문에서 거의 내놓다시피 한 상태였기에 그의 혼잣말을 엿들을 사람은 없었다.

처소도 말이 좋아 별채이지 서출들이 주로 머무는 외원에 위치하기도 했고 말이다.

"일단 상황은 지금까지 중에서 가장 좋긴 한데, 대체 왜 또 살려 낸 거지? 뭐가 부족한 거야?"

석진호가 인상을 있는 대로 찌푸렸다.

자신이 환생할 수 있는 능력을 가졌다는 걸 깨닫고서 딱 백 번까지는 숫자를 셌었다.

혹시나 제한이 있는 건 아닐까, 환생에도 한계가 있는 건 아닐까 싶어서였다.

그래서 아홉 번과 아흔아홉 번째 삶을 살 때는 진짜 절실하게, 최선을 다해서 살았었다.

"하지만 숫자와는 아무런 상관이 없었지."

어떤 삶이고 대충 살았던 삶은 없었다.

웅심을 품었기에 그는 늘 최선을 다해서 살았다.

그러나 세상살이가 그렇듯 언제나 뜻대로 되지는 않았다.

환생한 지 얼마 되지 않아 죽은 경우가 수두룩했던 것이다.

"해적에 죽고, 산적에 죽고, 수적의 손에 죽고, 북방에서는 오랑캐의 손에 죽기도 했지."

당장 생존을 걱정해야 하는 상황과 비교하면 지금의 환경은 너무나 좋았다.

가문에서 괄시를 넘어 멸시를 당한다고는 하지만 그래도 죽음을 걱정할 정도까지는 아니었다.

게다가 늘 혼자였던 전생들과 달리 지금의 그에게는 진짜 가족이라고 해도 과언이 아닐 존재들이 무려 두 명이나 있었다.

"그런데도 뭐가 그리 힘들다고 생각한 건지. 이 정도면 과하다 못해 넘치는데. 뭐, 각자의 기준이라는 게 다르긴 하겠다만."

죽은 석진호의 결정을 그는 납득하고 존중했다.

하지만 이해하지는 않았다.

그였다면 절대 그런 선택을 하지는 않았을 테니까.

"차라리 망나니로 살지. 어차피 망가진 삶이라면. 뭐, 나로서는 다행이지만."

석진호는 단순히 누워 있기만 한 게 아니었다.

생각을 정리하면서 새로 얻은 육신에 대해 면밀히 조사했다.

수십, 수백 번의 환생을 겪으니 이제 육체에 대해서는 도

武人還生
무인환생

가 텄다.

"지극히 평범하군. 나쁘지 않아."

식사를 제대로 하지 않아 영양실조가 우려될 정도로 몸 상태는 썩 좋지 않았다.

하지만 그걸 제외하면 크게 다친 곳이 있다거나, 특이체질이라거나 하는 큰 문제는 없었다.

적어도 무공을 익히는 데 저해되는 요소는 단 하나도 없었던 것이다.

그러나 가장 큰 문제가 남아 있었다.

"또다시 시작하기에는 의욕이 전혀 나질 않는데."

셀 수조차 없는 삶을 살아온 그였다.

죽으면 새로운 육체로 다시 시작되는 삶.

처음부터 시작하는 무공 수련.

물론 천하제일인이 되겠다는 야망이 있을 때는 다시 시작하는 걸 망설이지 않았지만 지금은 상황이 많이 달랐다.

"다 이루어 봤으니까. 천하제일인? 무림황제? 무인으로서할 수 있는 걸 다 해 봤는데 무슨 미련이 있을까."

야망에 모든 것을 활활 불태웠기에 이제는 재만 남아 있었다.

그래서 그는 궁금했다.

도대체 왜 자신에게 이런 행운이자 시련을 준 것인지.

더불어 자신에게 무엇을 원하는지 말이다.

"이유가 뭘까. 모든 일에는 이유가 있는 법인데. 결과에는 원인이 있는 법이고."

꿈을 이룬 순간, 목표에 도달한 순간 그는 조금의 미련도 없었다.

때문에 눈을 감을 때 당연히 마지막이라 생각한 것이었고.

그런데 결과는 다시 한번의 환생이었다.

"미치겠군."

아무리 궁리해 보아도 나오지 않는 답에 석진호가 결국 두 눈을 감았다.

일단은 좀 쉴 생각이었다.

고민을 많이 했더니 정신적으로 너무 피곤했다.

아직까지도 석진호의 기억과 그의 기억이 뒤섞이는 중이기도 했고.

"그냥 막 사는 것도 나쁘지는 않은 것 같은데……."

언제나 천하제일인이라는 목표만을 생각하며 달려온 그였다.

그렇기에 석진호는 문득 이런 생각이 들었다.

한 번 정도는 마음 편히, 마음대로 사는 것도 나쁘지는 않을 것 같다고 말이다.

사흘 동안 석진호는 아무것도 하지 않았다.

유모가 가져다주는 밥만 먹을 뿐, 자고 싸는 게 하루 일과

武人還生
무인환생

의 다였다.

조금 더 나열하자면 멍 때리는 걸 추가할 수 있었다.

"석가장이면 그래도 돈 걱정은 안 할 줄 알았는데."

농땡이나 피우며 대충 살까 했던 석진호의 계획은 처음부터 어그러졌다.

아무리 석가장주의 서출이라 하더라도 열여덟 살이 되면 일을 해야 했다.

일감을 받든 자신이 일거리를 찾든, 어떻게든 제 몫을 해야 하는 게 석가장의 가규였다.

그 말인즉 내년이 지나면 그도 누군가에게 일거리를 받거나 혹은 찾아야 한다는 뜻이었다.

"하필이면 그런 가훈이라니. 상가(商家)라서 그런 건가."

석진호가 입맛을 다셨다.

조금은 쉽게 살 수 있을 거라 생각했는데 역시나 삶은 만만치가 않았다.

하지만 문제는 딱히 하고 싶은 일이 없다는 점이었다.

"세월아 네월아 하면서 사는 것도 힘들구나."

하고 싶은 것도 없지만 아무것도 안 하는 것도 지루했다.

늘 한 가지 목표를 향해 정신없이 달리기만 했는데 멈춰 있기만 하니 묘하게 답답한 느낌이었다.

마치 수련 중독에 빠진 것처럼 말이다.

쩌억! 쩍!

느릿하게 떨어져 내리는 눈발 사이로 새까만 피부를 가진 탁윤이 웃통을 벗고서 장작을 패고 있었다.

한겨울의 추위도, 눈발도 신경 쓰이지 않는다는 듯이 탁윤은 묵묵히 도끼를 휘둘렀다.

조금도 힘들어하는 기색 없이 말이다.

"아깝군. 외공에 최적화된 육체인데."

배운 게 도둑질이라고, 석진호는 장작을 패는 탁윤을 쳐다보며 입맛을 다셨다.

나이가 많은 게 흠이었지만 그렇다고 늦은 건 아니었다.

내공에 비해 외공은 시기의 제한을 덜 받는 공부였다.

그러나 안타깝게도 현 무림에서 외문기공은 점점 쇠락해가고 있었다.

"외공이 극에 이르면 내공의 고수와 별반 차이가 없는데 말이지. 외공을 익혔다고 해서 꼭 내공을 익히지 못하는 것도 아니고."

탁윤을 보고 있자니 가르칠 만한 무공들이 계속해서 떠올랐다.

하지만 이건 강요할 문제가 아니었다.

육신의 주인인 석진호에게 있어 탁윤은 일개 종복이 아니라 형제나 마찬가지였으니까.

"그럼 네가 원하는 것은 무엇이냐."

武人還生
무인환생

제2장 뜻을 세우다

창문 앞 의자에 비스듬히 앉은 채로 석진호가 중얼거렸다.

혼백 중 혼은 이미 떠나갔고 현재는 백만 옅게 남아 있었다.

하지만 그는 알았다. 이 옅은 백마저 이틀이 채 가기 전에 아스라이 흩어질 것임을 말이다.

"흐음."

흐릿한 백의 의지를 받아들이며 석진호가 턱을 쓰다듬었다.

심약한 성격답게 본래의 석진호가 바라는 것은 간단했다.

자신의 증명.

그가 가치 있는 인간이라는 걸, 쓸모 있는 존재라는 걸 가문에 증명하고 싶었다.

"이유 있는 바람이긴 하네. 그릇이 좀 작긴 하지만."

사람마다 제 분수가 있다는 말은 의외로 현실적인 격언이다.

그 역시 수백 번의 환생을 겪으면서 느낀 것이기도 하고.

하지만 그게 절대적인 건 또 아니었다.

스스로가 어떤 마음을 먹느냐에 따라, 의지가 어떠하냐에 따라 분수는 얼마든지 바꿀 수 있었다.

"운명조차도 말이지. 천명 역시 마찬가지일 테고."

천명이라는 말을 하면서 석진호는 입술을 비틀었다.

여전히 그를 다시 환생시킨 이유를 찾지 못해서였다.

한 가지가 떠오르기는 했지만 그게 이유라고 하기에는 너무 막연했다.

"증명, 증명이라."

지금까지 석진호에 대해 파악한 바에 의하면 딱 두 글자로 설명할 수 있었다.

무난.

못나지도 잘나지도 않았다.

평범함의 극치가 있다면 딱 석진호라고나 할까.

재능이 없는 것은 아니었지만 딱히 특출난 것도 없었다.

"이것저것 많이 해 보긴 한 거 같은데 말이지."

석진호가 괜히 우울증과 자기 비관에 빠진 게 아니었다.

무인환생

나름대로 발악이라는 발악은 다 했다.

다른 이였다면 불가능했겠지만 비록 첩의 자식이어도 그역시 석가장주의 피를 이었다.

하고 싶어 하는 것들은 웬만큼 시도할 수 있는 신분이었기에 석진호는 다양한 것들을 시도했었다.

다만 문제는 결과가 썩 좋지 않아서 그렇지.

똑똑똑.

과거의 기억을 곱씹고 있을 때 문을 두드리는 소리가 들렸다.

동시에 문이 열리며 쟁반을 든 유모가 모습을 드러냈다.

"또 창문 열고 계셨어요? 감기 걸린다니까요."

"괜찮아. 몸이 많이 나아진 거 유모도 알잖아. 살도 제법붙었고."

"아직 한참 부족해요. 지금보다 두 배는 더 쪄야 말랐다는말을 안 들을 거예요."

"두 배면 완전 돼지인데?"

"자고로 남자는 풍채가 좋아야 해요. 장주님과 일공자님을생각해 보세요."

석진호가 어처구니없다는 표정을 지었다.

둘 다 풍채라는 말보다는 뚱뚱하다는 말이 훨씬 더 어울려서였다.

"난 그렇게 되고 싶지는 않은데?"

"그럼 어떻게 되고 싶으세요?"

널찍한 쟁반 가득히 들려 있던 그릇들을 탁자에 내려놓으며 유모가 눈을 빛냈다.

안 그래도 요즘 석진호가 무슨 생각을 하는지 그녀는 너무나 궁금했다.

의기소침해하지 않는 건 다행이었지만 어떤 생각을 품고 있는지는 전혀 알 수 없었기에 그녀는 은근한 어조로 물었다.

"어떻게 되고 싶다라."

"요새 생각이 많으신 거 같던데."

유모가 석진호의 앞에 수저를 넣으며 눈치를 살폈다.

죽을 뻔한 위기를 넘기고 석진호는 변했다.

하지만 그녀는 그 변화가 싫지만은 않았다.

'죽음을 목전에 두고서 바뀌는 경우는 많다고 하니까.'

다른 이들은 심약하다고 무시했을지 모르나 그녀의 생각은 달랐다.

누구보다 순하고 겸손했던 아이가 석진호였다.

그렇다 보니 자연스레 다른 이들의 눈치를 보게 된 것이었고.

'눈치를 보는 게 나쁜 건 아니잖아. 망나니처럼 살아가는 서출도 많은데.'

석가장주는 자식이 많았다.

본처와 첩들에게서 얻은 자식들만 열 명이 넘었다.

무인환생

그러나 그중에서 제대로 된 인물은 넷뿐이었다.

나머지는 석가장주의 핏줄이라는 걸 이용해 온갖 사건 사고를 일으켰다.

"많을 수밖에. 이제 나에게 주어진 시간은 일 년 남짓밖에 없으니까."

"저는 어떤 선택을 내리시든 도련님 편이에요. 앞으로도요."

"내가 석가장을 나간다고 하더라도?"

"예."

유모가 단호하게 대답했다.

고향이나 마찬가지인 곳이 여기였지만 석진호가 없다면 그녀가 있을 이유도 없었다.

돌아가신 주인님이 석진호를 낳았다면, 기른 것은 그녀였다.

피만 이어지지 않았을 뿐이지 석진호는 그녀에게 있어 아들이나 마찬가지였다.

"너무 섣불리 결정하는 거 아냐? 집 나가면 고생이란 말 몰라?"

"도련님과 함께라면 전 어디든 괜찮아요. 돌아가신 주인님께서 도련님을 부탁한다는 말을 하시기도 했고요."

"으음."

어머니를 거론하는 말에 석진호도 더 이상 농담을 할 수는 없었다.

아니, 꼭 어머니가 아니어도 유모의 결연한 표정을 보면 누구도 장난을 치지 못할 터였다.

"그러니까 생각이 정리되시면 꼭 저에게 말해 주세요. 사소한 것이라도요."

"유모는 내가 어떤 사람이 되었으면 해?"

"저는 큰 걸 바라지 않아요. 다만 도련님께서 올곧게, 건강하게만 자라 주셨으면 좋겠어요."

"큰사람이 된다든가, 혹은 석가장을 손아귀에 넣는다든가 하는 건 안 바라?"

숟가락을 들며 석진호가 말했다.

야망과는 거리가 먼 말에 은근슬쩍 떠보듯이 물었다.

"그것도 좋고요. 하지만 중요한 것은 도련님께서 하고 싶은 일을 찾고, 이루었으면 좋겠어요."

"내가 하고 싶은 것이라……."

유모가 직접 만들었을 게 분명한 뜨끈한 계란탕을 한입 떠먹으며 석진호가 중얼거렸다.

소소하지만 그렇기에 유모의 말이 그의 가슴을 울렸던 것이다.

또한 가규가 '일하지 않는 자, 먹지도 말라'였기에 석진호로서도 슬슬 선택을 해야 할 때이기는 했다.

"급하게 결정하지는 마세요. 아직 시간은 충분하니까요."

무인환생

"알았어."

석진호가 빙그레 웃으며 채소볶음에 젓가락을 가져갔다.

그런데 그 흔하디흔한 모습에 유모는 흐뭇한 미소를 지었다.

아직은 어둠이 채 가시지 않은 이른 새벽에 석진호는 잠자리에서 일어났다.

그러고는 환생한 후 처음으로 가부좌를 틀었다.

'이번 생은 다른 이들과 함께 살아가는 것도 나쁘지 않겠지.'

직전의 삶까지는 오로지 자기 자신만을 위해서 살아왔었다.

주변을 둘러보기보다는 오직 천하제일인이 되겠다는 목표만을 쳐다보며 달렸다.

물론 그런 집착이 있었기에 야망을 이룬 것도 사실이었다.

하지만 그렇기에 이번에는 반대로 사는 것도 나쁘지 않을 것 같았다.

'일단 힘이 있어서 나쁠 것은 없으니까. 석가장이 중원 상계의 오 할 이상을 차지하고 있는 거인이라고 하나 그게 내 것은 아니니까.'

석가장이라는 거대한 황금성은 부친의 것이었다.

또한 그가 석가장을 물려받을 확률은 오 푼도 되지 않았다. 적자가 셋이나 있는 만큼 서출인 그가 석가장주에 오를 확률은 거의 없었다.

세 명의 적자가 모두 죽을 가능성도 희박했고.

"다 죽어도 인정이나 하겠어? 내가 특출난 모습을 보이면 모를까."

어깨를 으쓱거린 석진호가 몸을 일으켰다.

관조는 진즉에 끝낸 상태였다.

이제는 결정을 내렸으니 움직일 차례였다.

"에휴, 이걸 또다시 익히게 될 줄이야……."

석진호가 두 눈을 질끈 감았다.

익숙하다고 해서 힘들지 않은 건 아니었다.

오히려 익숙하기에 더욱 괴로운 법이었다.

하지만 평범하기 짝이 없는 육체 개선을 위해서는 태극번천무(太極飜天舞)가 필수였다.

지금까지 수도 없는 시행착오를 겪으며 완성한 공전절후한 육체 개선 무공이 바로 태극번천무였으니까.

"이제는 지옥도 지겹다."

그가 완성한 비전 절학들을 제대로 익히기 위해서는 태극번천무로 근골 자체를 바꿔야 했다.

물론 대충 살아갈 생각이라면 알고 있는 무공들 중 쓸 만한 것들 몇 개만 익히면 되겠지만 안타깝게도 석진호의 성격상 그건 불가능했다.

아예 시작하지 않으면 모를까 시작한 이상 제대로 해야 했다.

"이번에도 바꿔 보자꾸나, 태극번천무야. 끄응!"

수백 번도 더 익혔기에 태극번천무를 익히는 동안 얻을 고통이 눈에 훤했다.

하지만 이 세상에서 고통 없이 얻어지는 것은 없었다.

그리고 약자로 사느니 허송세월을 보내더라도 강자로 사는 게 훨씬 나았다.

달칵.

서서히 밝아 오는 동녘을 바라보며 석진호가 조심스럽게 방문을 열었다.

자고 있을 두 사람이 깨지 않게 조용히 나가는 것이었다.

스스스슥.

아직은 어두운 뒷마당에서 가볍게 체조로 몸을 푼 석진호가 본격적으로 태극번천무를 시전했다.

느릿하게 기이한 자세를 이어 갔던 것이다.

그런데 그가 움직일수록 뼈마디가 뒤틀리는 소리가 연신 몸에서 흘러나왔다.

"끄으으읍!"

괜히 그런 소리가 나는 게 아니라는 듯이 반 각이 채 지나가기도 전에 석진호의 얼굴이 시뻘겋게 달아올랐다.

전신에서 느껴지는 고통도 고통이지만 태극번천무의 호흡

법을 새로운 육신에 적응시키기가 쉽지 않아서였다.

하지만 앞으로 가장으로서 살아가려면, 유모와 탁윤을 챙기고 죽은 석진호의 바람을 이루어 주려면 태극번천무를 반드시 대성해야 했다.

그의 진신 절학을 익히기 위해서는 기본적으로 태극번천무로 천상의 근골을 만들어야 했다.

"후욱! 훅!"

서서히 석진호의 호흡이 안정적으로 변해 갔다.

백지나 마찬가지인 육신이었기에 처음은 힘들었지만 적응시키는 건 오히려 쉬웠던 것이다.

게다가 태극번천무를 펼치는 사람이 다름 아닌 석진호였다.

육신은 태극번천무가 처음이었지만 그는 아니었다.

휘리리릭!

수없이 환생하면서 수백만 번, 수천만 번 수련한 게 태극번천무였다.

그렇기에 석진호는 빠르게 태극번천무에 빠져들었다.

후우웅.

동시에 대기 중의 기운이 천천히 석진호에게 빨려 들어갔다. 태극번천무는 육체의 균형과 신체 능력을 향상시켜 주기도 하지만 기본적으로 동공(動功)의 묘리를 품고 있었다.

정공(靜功)인 좌공보다 효율은 낮지만 축기가 가능했기에

무인환생

느리지만 공력이 차곡차곡 쌓여 나갔다.

삶의 목표를 정한 석진호의 하루 일과는 완전히 달라졌다.

한량처럼 허송세월만 보냈다고는 믿기 어려울 정도로 일정이 빡빡했다.

최소한의 수면 시간과, 먹고 싸는 시간을 제외하면 모든 시간을 수련에 쏟았던 것이다.

그래서인지 석진호의 모습은 하루가 다르게 달라졌다.

"후후후!"

그리고 그럴수록 유모인 소하정의 미소 역시 짙어졌다.

시들어 가는 꽃처럼 하루하루를 공허하게 보내던 석진호가 너무나 의욕적으로 바뀌자 미소가 절로 나왔던 것이다.

물론 무공을 익히는 게 조금 걱정되기는 했지만 비실거리는 것보다는 낫다고 생각했다. 더구나 효과가 즉각적이다 보니 만류하기도 좀 그랬고 말이다.

"어쨌든 좋은 일인 건 사실이니까. 허약한 것보다는 건강한 게 낫지. 고수가 아무나 되는 것도 아니고."

뜬금없이 수련을 하는 석진호의 모습에 그녀 역시 처음에는 우려를 표했다.

무림 고수라는 게 아무나 되는 게 아니라는 것 정도는 그녀도 알고 있어서였다.

아무나 무림 고수가 될 수 있다면 석가장이 단순히 상계에만 머물러 있지는 않을 터였다.

더불어 고수 영입에 힘겨워하지도 않았을 테고.

"물론 되면 정말로 좋겠지만."

소하정이 히죽 웃었다.

가능성은 희박하지만 정말 기적처럼 석진호가 무림을 진동시키는 고수가 되는 것도 좋다고 생각했다.

그렇게 되면 지금처럼 석가장에서 천대받지는 않을 터였다.

오히려 어떻게든 데리고 있으려 하면 모를까.

"장주님의 인재 사랑은 대단하시니까. 다만 기준이 너무 높아서 그렇지."

"무슨 혼잣말을 그렇게 해?"

"어머!"

"진짜 딴생각하고 있었나 보네. 그렇게 깜짝 놀라는 걸 보면."

얼마나 놀랐는지 국자를 번쩍 드는 소하정의 모습에 석진호가 피식 웃었다.

이런 모습은 그의 기억에도 몇 번 없어서였다.

"도, 도련님. 부엌에는 어쩐 일이세요?"

"불러도 대답이 없어서. 근데 인기척은 있고. 그래서 내가

무인환생

직접 왔지."

"그냥 크게 부르시지."

"거리가 얼마나 된다고 큰 소리를 쳐. 다른 사람도 아니고 유모한테."

석진호가 그녀의 양쪽 어깨에 손을 올렸다.

그러고는 너무나 자연스럽게 두 손을 조몰락거렸다.

"아!"

어깨에서 시작되는 시원함에 소하정은 탄성을 내뱉었다.

그 정도로 신의 경지에 오른 듯한 안마 솜씨에 그녀는 녹아내리는 듯한 표정을 지었다.

"어때? 시원하지?"

"지, 진짜 녹아내리는 거 같아요."

"내가 안 해서 그렇지 뭐든지 하면 제대로 해."

"알죠. 저는 늘 도련님을 믿고 있었어요. 아웅!"

어깨를 지나 등 곳곳을 찌르고 누르는 손길에 소하정이 자기도 모르게 신음을 흘렸다.

시원하면서도 짜릿한 감각에 본능적으로 신음 소리가 나왔던 것이다.

그걸 뒤늦게 깨달은 소하정은 고개를 푹 숙이며 얼굴을 잔뜩 붉혔다.

"괜찮아. 당연한 반응이니까. 앞으로는 자주 안마해 줄게. 내가 고생을 많이 시켜서 그런지 근육이 많이 뭉쳐 있어."

"안 그러셔도 돼요. 요즘 많이 바쁘신 거 같은데."

"바쁘긴 한데 유모 안마해 줄 시간은 충분히 있어."

"잠도 평소와 달리 되게 조금 주무시는 거 같은데, 괜찮으신 거예요?"

달아올랐던 얼굴이 금세 식은 소하정이 걱정 가득한 눈빛으로 물었다.

어째 점점 수면 시간이 줄어드는 것 같아서였다.

"그건 또 어떻게 알았대?"

"새벽에 뒷간에 가다가 도련님께서 수련하시는 걸 봤어요."

"아하."

"아직 성장기이신데 잠은 푹 주무셔야 돼요."

석진호의 손을 잡으며 소하정이 말했다.

무공 수련에 재미를 붙이는 건 좋지만 그래도 과한 건 모자란 것보다 좋지 않았다.

때문에 그녀는 석진호가 기분 나쁘지 않게 에둘러 말했다.

"키가 자라는 시간은 알고 있어. 그 시간에는 무조건 자고 있고. 그러니 걱정하지 마."

"그래도……."

"내가 피곤해 보여?"

소하정이 석진호를 지그시 쳐다봤다.

피곤해 보이기는커녕 얼굴에서 빛이 나고 있었다.

그뿐만 아니라 얼굴 곳곳에서 볼 수 있었던 여드름 역시

무인환생

지금은 단 하나도 보이지 않았다.

"피부가 엄청 좋아지셨네요."

"체내의 불순물을 모조리 배출하고 있거든. 유모도 가르쳐 줄까?"

"에이, 저에게 무공이라니요. 저는 지금 생활에 만족해요. 도련님도 건강하고, 윤이도 잘 지내고 있고."

"그럼 안마라도 꾸준히 받아. 내가 자랑하려고 하는 말이 아니라 내 안마는 격이 달라."

소하정이 빙그레 웃었다.

으스대듯 말하는 게 너무나 귀여워서였다.

하지만 그녀는 고개를 끄덕였다.

처음 받아 봤지만 실력은 진짜였다.

"시간 날 때 틈틈이 해 주시면 돼요. 너무 자주 해 주실 필요는 없어요."

"그럴 수는 없지. 부탁을 받았거든. 유모를 잘 챙겨 달라고."

"부탁요?"

소하정이 눈을 동그랗게 떴다.

외원에서도 외진 이곳에서 석진호가 만날 수 있는 사람이라고는 그녀와 탁윤이 전부였다.

가끔 식재료를 가져다주러 하인들이 오기는 하지만 그들은 석진호와 일절 대화하지 않았다. 말을 걸어도 단답형으로 어쩔 수 없이 대답하는 게 전부였고.

"응. 그러니까 거절하지 마. 어떻게 보면 다 나를 위해서이기도 하니까. 유모가 건강해야 내 밥을 해 주지."

"그렇게 말씀하시니 또 틀린 말은 아니네요, 호호!"

"나 장가갈 때까지는 유모가 밥해 줘야 해. 그러니 오래오래 건강해야지."

"내년에 가실 수도 있어요."

소하정이 은근한 어조로 말했다.

열여덟이면 장가도 충분히 갈 수 있는 나이였다.

그리고 서출이기는 하지만 석진호 역시 엄연히 석가장주의 핏줄이었다. 때문에 석가장주의 인정을 받는다면 정략결혼을 할 수도 있었다.

"그럴 일은 없어. 당분간은 갈 생각이 없거든."

"후후! 그게 뜻대로 되나요?"

"돼. 다른 이는 몰라도 나는 말이지."

"……정말 보기 좋아요. 지금의 도련님 말이에요."

"이상하지는 않고?"

석진호가 농담처럼 물었다.

아무리 죽을 뻔했다고 하지만 그의 성격은 본래의 석진호와는 너무나 달랐다.

가족과도 같은 두 사람이니까 이해해 주고 넘어가는 것이었지 다른 이였다면 의문을 품어도 몇 번은 품었을 터였다.

"사실 처음에는 이상했는데 그래도 도련님인 건 변함이 없

무인환생

으니까요."

"갑자기 가슴이 훈훈해지는데."

"그럼 포옹 한번 해 주세요. 열다섯 넘어가고 단 한 번도 안 안아 주신 거 아세요?"

"포옹쯤이야."

이제는 소하정보다 머리 하나는 더 커진 석진호가 우쭈쭈 하는 얼굴로 그녀를 껴안았다.

그러자 소하정이 푸근한 미소를 머금었다.

"따뜻해요."

"조금만 더 고생하자. 내년에는 많은 게 달라질 거야."

"저는 지금 이대로도 너무나 좋아요."

"내가 마음에 안 들어. 유모는 더 호강해야 하거든. 그럼 이따가 봐. 나는 탁윤에게 할 말이 있어서."

석진호가 씨익 웃으며 부엌을 나섰다.

나타났을 때처럼 바람과 같이 사라졌던 것이다.

하지만 그녀는 석진호가 사라졌음에도 부엌 입구를 한동 안 지그시 쳐다봤다.

"탁윤아."

"예, 공자님."

월동문 앞을 쓸고 있던 탁윤이 석진호의 부름에 우렁차게 대답하며 달려왔다.

거구답게 걸음을 옮길 때마다 앞마당이 쿵쿵 울렸다.

그러나 거대한 덩치에 어울리지 않게 탁윤의 얼굴은 순박했다.

"여기 앉아 봐."

"예."

현재 석진호의 위치를 말해 주듯 처소는 작았다.

하지만 작은 앞마당에도 있을 건 다 있었는데, 석진호는 그중 마당 구석에 있는 평상에 앉으며 옆자리를 손으로 두드렸다.

"탁윤아, 너 무공 익혀 볼래?"

"무공요?"

탁윤이 소처럼 커다란 눈망울을 끔뻑이며 반문했다.

느닷없이 무공을 배워 보겠냐고 하자 당황한 것이었다.

"응, 무공. 너에게 딱인 무공을 내가 하나 알고 있거든. 외문기공이라 나이에 크게 구애받지도 않고. 다만 익히기가 쉽지 않지만 인내심이 깊은 너는 쉽게 익힐 수 있을 거야. 너에게 안성맞춤인 무공이라고나 할까."

"어…… 그걸 익히면 공자님께 도움이 되나요?"

나이에 어울리지 않게 순진무구한 눈으로 탁윤이 조심스럽게 반문했다.

진짜 무공을 알고 있는지에 대해서는 일절 묻지 않고 오히려 도움이 되냐고 묻는 말에 석진호는 자기도 모르게 미소를

武人還生
무인환생

띠었다.

"당연히 도움이 되지. 하지만 나보다는 너에게 더 큰 이득이 될 거야. 일단 지금보다 더 건강해지고, 쉽게 다치지 않을 테니까."

"공자님께 도움이 된다면 배울게요."

"미리 말하는 건데 엄청 고통스러울 거야. 내가 알려 주려는 외문기공은 수준이 높은 만큼 익히는 것도 어렵거든. 그러니 거절해도 돼. 네가 거절한다고 해서 불이익을 받는 건 없어."

"배울래요. 공자님께 도움이 된다고 하셨으니까요."

"근데 너무 고민 안 하는 거 아냐? 아무리 내가 네가 모셔야 하는 사람이라고 하지만."

석진호가 장난스러운 표정을 지었다.

이럴 거라 예상을 못 한 건 아니었지만 그래도 너무 자신을 믿는 것 같아서였다.

"공자님께서 제게 해가 될 일을 하지 않을 거라는 걸 잘 알고 있으니까요, 헤헤!"

자기가 말하고도 민망한 모양인지 탁윤이 뒷머리를 긁적였다.

하지만 그 말에 석진호는 마음이 든든해졌다.

죽은 석진호는 자기가 가진 게 아무것도 없다고 비관했지만 그의 생각은 달랐다.

석진호는 이미 충분히 가지고 있었다.

'단지 본인이 모르고 있었을 뿐.'

재능이 없다고 포기하면 달라지는 것은 아무것도 없었다.

없으면 없는 대로 방법을 찾아야 했다.

만약 재능이 없어서 꿈을 포기했다면 지금의 그는 없었을 터였다.

"그럼 바로 시작해 볼까?"

"저기, 공자님. 지금은 해야 할 일이 있는데요."

"그래? 그럼 저녁 먹고 하자. 자기 전에, 아침에 일어나서. 체력 훈련은 나랑 같이하고."

"알겠습니다."

탁윤이 환하게 웃었다.

무공도 무공이지만 석진호와 함께 수련한다는 사실이 기쁜 듯해 보였다.

세월이 유수와 같이 흘렀다.

눈발이 날리던 겨울이 가고 어느새 꽃이 피기 시작했던 것이다. 물론 아직은 아침저녁으로 쌀쌀하기는 했지만 그래도 봄의 기운을 느끼기에는 충분했다.

"얼른얼른 움직여!"

"서둘러! 내일부터 손님들 오시는 거 몰라!"

며칠 전부터 정신이 없을 정도로 부산스러운 장원의 풍경을 석진호는 지그시 쳐다봤다.

바삐 움직이는 하인들, 하녀들과 달리 석진호와 그의 처소는 한가했다.

전대 석가장주이자 현재 태상장주인 조부의 칠순연이 이레 앞으로 다가왔지만 그에게는 크게 다가오지 않았다.

"더 정신없네."

"괜찮으시겠어요?"

"뭐가?"

"형제분들을 만나셔야 하잖아요."

성격이 달라졌다고 하지만 본성은 크게 변하지 않는 법이다. 그리고 석진호는 늘 형제들과의 만남에서 주눅 들어 있었다.

서출임에도 막 사는 이들이 있는 반면에 석진호는 늘 구석에 혼자 있었기에 소하정이 걱정스럽게 물었다.

"걱정은 그 녀석들이 해야지."

"그, 그런가요?"

"정신 사나워서 집중이 안 되네. 뭘 저렇게 요란을 떠는지."

"어쩌면 태상장주님의 마지막 생일일지도 모르잖아요. 이제는 연세가 많으시니까요."

환갑까지 사는 사람도 흔치 않은 게 현실이었다.

그런 만큼 소하정의 말마따나 어쩌면 이번이 마지막 생일

일 수도 있었다.

"젊을 적부터 몸에 좋은 건 다 드셨는데 마지막은 무슨. 앞으로 십 년은 거뜬할걸."

"그건 모르는 일이에요. 어느 날 갑자기 쓰러지기도 하는 게 어르신들이니까요."

"하긴."

"인사드리러 가실 거죠?"

"가야지. 초대는 안 했지만 혈육이긴 하니까. 막으면 어쩔 수 없고."

석진호가 어깨를 으쓱거렸다.

지금까지의 상황을 보면 연회장에 못 들어가는 것도 이상하지는 않았다.

"그래도 가야 해요. 조부시잖아요."

"가긴 갈 거야. 명분을 위해서라도 가야지. 손자 손녀가 워낙 많아서 날 기억 못 할 수도 있지만."

석진호가 기억을 더듬었다.

정확하게는 죽은 석진호의 기억을 말이다.

"선물은 제가 준비해 놓을게요."

"살 돈이 있나?"

석진호가 눈썹을 꿈틀거렸다.

세 사람이서 하루 세 끼 먹기도 빠듯한 게 현 실정이었다.

더구나 무공 수련으로 인해서 평소보다 더 많이 먹는 그도

武人還生
무인환생

있었고.

때문에 석진호는 고개를 갸웃거렸다.

"꼭 돈으로 살 필요는 없죠."

소하정이 믿음직스럽게 두 팔을 들어 올려 보였다.

거기에 자신만만한 미소도 추가했다.

"손으로 만들려고?"

"네. 지금 도련님께서 입고 계신 옷도 제가 만든 거잖아요."

"유모 솜씨야 잘 알고 있지. 근데 재료값이 좀 들 텐데."

"그건 걱정 마세요. 다 구하는 방도가 있으니. 도련님께서는 인사만 잘하시고 오면 돼요."

"너무 유모에게만 맡기는 거 같은데."

석진호가 미안한 표정을 지었다.

그러면서도 그는 아직도 적응이 되지 않았다.

다른 이에게서 이렇게 아무 이유 없이, 그것도 일방적인 사랑을 받은 적이 없기에 석진호는 이럴 때 조금 기분이 묘했다.

"제가 하는 게 도련님이 하는 거죠. 저와 탁윤이는 도련님과 한 몸이나 마찬가지잖아요."

"그렇긴 하지. 피는 안 섞였지만 가족이나 마찬가지지."

"어머."

소하정이 감동한 표정을 지었다.

예전부터 마음은 알고 있었지만 이렇게 직접적으로 표현한 적이 없었기에 놀란 것이었다.

하지만 정작 속내를 말한 석진호는 아무렇지도 않은 표정이었다.

"그러니까 앞으로는 걱정하지 마. 내가 유모랑 탁윤이는 확실하게 돌봐 줄 거니까."

"말씀만으로도 든든하네요. 호호. 근데 벌써부터 그러면 서운해요. 저에게는 아직 소년 같거든요."

"소년은 무슨. 해가 바뀌고 키가 육 척이 넘었는데."

석진호가 콧방귀를 뀌었다.

이제는 얼굴도, 몸도 소년이라고 보기 힘들어서였다.

"참! 이번 태상장주님 칠순연에 구파일방의 명숙들도 온다고 해요. 만약 도련님께서 명숙들의 눈에 든다면 제자가 될 수도 있지 않을까요? 작년 겨울부터 열심히 수련하셨으니까."

"구파일방? 홋. 별거 아냐, 거기는."

제3장 그쪽에 관심 없다니까

소하정과 대화를 마친 석진호는 오랜만에 처소를 나섰다.

물론 나올 때 보인 소하정의 태도는 허세조차도 귀엽다는 듯이 웃는 것이었지만 석진호의 말은 농담이 아니었다.

한때 중원무림의 절대자로 군림했던 이가 석진호였다.

그 대단하다던 구파일방, 오대세가 역시 그의 발아래 있었다.

"생각해 보니 대부분 중원에서 다시 살아났는데 구파일방이나 오대세가와는 연이 조금도 없었네. 이왕 다시 살게 해 줄 거 배경 좀 좋은 곳에서 시작하게 해 주지."

석진호가 얼굴 가득 못마땅한 표정을 지었다.

만약 그랬다면 꿈을 이루는 시간이 굉장히 단축되었을 게 분명했다.

대문파와 명문 세가가 쌓아 온 무공은 결코 낮은 수준이 아니니까 말이다. 비전이라 불리는 것들은 괜히 비전이라 불리는 게 아니었다.

"어? 사공자 아니야?"

"웬일이래. 늘 처소에만 처박혀 있는 사람이."

"춘석이에게 들었는데 성격이 좀 변했다고 하던데?"

"변해 봤자 거기서 거기지. 사람은 쉽게 안 바뀐다니까."

외원을 거니는 석진호를 향해 석가장의 하인들이 쑥덕거렸다.

제 딴에는 작게 말한다고 했지만 안타깝게도 석진호의 귀에 그들의 대화는 똑똑히 들렸다. 오감이 예민해졌기에 웬만한 거리에서의 대화는 다 들렸던 것이다.

"한심한 인생이라. 뭐, 본주인이 그러기는 했지. 이제는 내 과거이기도 하고."

지나치는 하인들, 하녀들은 그를 향해 똑같은 눈빛을 보내왔다. 서출이기는 해도 석가장주의 핏줄이기에 행동거지는 조심했지만 눈빛은 불순했다.

그러나 석진호는 그러한 시선들에도 눈 하나 깜빡이지 않았다.

오히려 더욱 당당하게 걸음을 옮겼다.

"어?"

"으음?"

장원 내에서 옷감을 다루는 곳을 향해 걸어가던 석진호가 멈춰 섰다.

느닷없이 앞을 막아서는 두 노인 때문에 어쩔 수 없이 멈춘 것이었다.

"호오."

"이것 봐라? 석가장에서 이런 근골이 나올 수 있나?"

"못 나올 건 뭐야? 꼭 씨앗과 땅이 좋아서만 상등품이 나오는 건 아니라고. 나이가 팔십 가까이 되는데 그런 세상의 이치도 모르나?"

석진호가 미간을 좁혔다.

갑자기 앞을 가로막고서는 마치 물건을 품평하듯 자신을 살펴보자 기분이 언짢아졌던 것이다.

"뭡니까?"

"아, 이런, 이런. 우리가 너무 우리만 생각했네."

"미안하구나. 갑자기 뛰어난 근골을 봐서 본능적으로."

날 선 석진호의 물음에 두 노인이 황급히 사과했다.

최상급의 무골에 정신이 팔려 있던 걸 뒤늦게 깨달았던 것이다.

"근데 석가장주의 혈육이더냐?"

"움직임을 보아하니 기본기 정도 익히고 있는 것 같은데."

"혹시 다른 이를 사사했느냐?"

"무공을 시작한 지는 얼마나 됐고?"

사과가 끝나기 무섭게 두 노인은 질문을 쏟아 냈다.

무엇이 그리도 궁금한 것인지 쉴 새 없이 물어 왔던 것이다.

하지만 그게 석진호는 너무나 귀찮았다.

"대답할 이유는 없다고 생각합니다. 그럼."

"자, 잠깐만!"

"아직 네가 어려서 우리가 어떤 사람들인지 모르는 모양인데……."

얼굴 가득 귀찮은 기색을 드러내며 지나치려는 석진호를 두 사람이 붙잡으려 했다.

그런데 그 손길을 석진호는 너무나 쉽게 피해 냈다.

마치 벌레를 피하듯 얼굴을 찡그리면서 말이다.

"압니다. 화산파와 종남파의 장로님들이시지 않습니까?"

"어? 그걸 어떻게?"

"우리가 그렇게 유명했나?"

확신하듯 말하는 석진호의 모습에 두 사람이 눈을 동그랗게 뜨며 서로를 쳐다봤다.

그런데 주름이 자글자글한 얼굴과 달리 표정이 소년처럼 너무나 순수했다.

"이름은 알려졌어도 얼굴은 잘 모를 텐데."

"그러니까. 우리가 강호를 싸돌아다닌 것도 아니고."

"싸돌아다니다가 뭐냐, 싸돌아다니다가. 장로인데 좀 품위 있는 단어를 선택해야 하는 거 아냐?"

"뭐야?"

눈이 마주치기 무섭게 두 노인이 으르렁거렸다.

방금 전까지 죽이 척척 맞던 사람들이 맞나 싶을 정도로 말이다.

하지만 그게 석진호에게는 이득이었다.

아주 자연스럽게 둘을 스쳐 지나갔던 것이다.

"잠깐만!"

"어허! 무엇이 그리 급하더냐."

"급한 일이 있어도 우리를 팔면 혼이 나지는 않을 게다."

"시간을 그리 많이 빼앗지도 않을 테고."

입씨름을 하면서도 석진호를 주시하고 있었던 모양인지 두 노인은 다시 앞을 가로막았다.

그러고는 초롱초롱한 눈동자로 부담스럽게 석진호를 쳐다봤다.

"오히려 너에게 이득이 되면 되었지."

"나이가 좀 많은 게 흠이지만 이 정도로 기본이 잡혔다면 결코 늦은 게 아니지."

"늦은 게 어디 있어. 좀 더 고생할 뿐이지."

"길을 잃으신 모양인데 안내해 줄 하인을 붙여 드리겠습니다."

또다시 시작되는 자기들만의 대화에 석진호가 얼굴을 있는 대로 찡그렸다.

대놓고 싫은 기색을 드러냈던 것이다.

하지만 두 노인도 만만치 않았다.

"허, 참. 이런 대우는 또 처음인데."

"싫으면 가. 원래 아쉬운 사람이 우물 파는 거니까."

"종남에 넘길 수는 없지."

"화산에는 총명한 제자들이 넘쳐 나잖아! 그리고 먼저 발견한 건 나야! 네놈은 날 뒤따라온 거고!"

이차전이 불붙었다.

그것도 석진호를 바로 앞에 두고서 말이다.

심지어 그의 말은 귓등으로도 듣지 않았다.

"흠흠! 이거 또 우리끼리 말이 많았구나."

"말은 똑바로 해야지. 먼저 시비를 건 쪽은 너야."

"끄응!"

화산파의 장로 송일강이 앓는 소리를 내며 고척을 노려봤다.

하지만 싸우지는 않았다.

더 이상 못난 모습을 보일 수는 없다고 생각해서였다.

그런데 고척 역시 같은 생각인지 더 이상 으르렁대지는 않았다.

"우리의 궁금증을 풀어 주면 더 이상 귀찮게 하지 않으마."

"화산파로 오지 않겠느냐?"

나긋하게 말하던 고척이 인상을 팍 썼다.

찬물도 위아래가 있는 법인데 송일강이 대뜸 선수를 치자 얼굴을 일그러뜨렸던 것이다.

"거절하겠습니다."

"그럼 우리 종남은 어떠하냐? 천하삼십육검은 들어 봤겠 지?"

"따로 이은 무맥이 있습니다. 죄송합니다."

"허어!"

단칼에 거절하는 석진호의 모습에 고척이 장탄식을 흘렸 다.

근 십 년 안에 본 무재 중에서 가장 뛰어났기에 그는 더더 욱 아쉬웠다.

화산파와 종남파의 장로들을 앞에 두고도 제 할 말을 꿋꿋 이 하는 굳은 심지도 마음에 쏙 들었기에 고척은 아쉬움 가 득한 표정을 지었다.

"무공에 입문한 지 얼마 되지 않은 것 같은데, 다시 시작해 보는 건 어떠하냐? 사부에게는 내가 잘 얘기해 보겠다. 너도 알겠지만 무공의 수준은 정말 중요하다. 누구는 삼재기공만 으로도 천하제일인이 할 수 있다고 하지만, 역사가 말해 주 고 있다. 삼재기공만으로 천하제일인의 자리에 오른 사람은 없다."

고척과 달리 송일강은 포기하지 않았다.

무맥을 이었다고 하나 결국은 사람과 사람과의 관계였다.

바꿀 수 있는 여지는 충분히 있다고 생각했다.

더구나 눈앞에 있는 소년은 근골도 근골이지만 심지 역시 보통이 아니었다.

'이런 아이가 제대로 크는 법이지.'

무재는 단순히 근골만 뜻하지 않았다.

심성까지 좋아야 진짜 좋은 무재였다.

물론 심성적인 부분은 사부와 사문의 역량에 따라 어느 정도는 관리해 줄 수 있지만, 진짜 좋은 재목으로 성장하는 건 눈앞의 소년과 같은 아이들이다.

'받아들일 수만 있다면 향후 화산의 미래를 맡겨 봄 직하다.'

눈은 마음의 창이라는 말이 있었다.

그렇기에 송일강은 소년을 만난 지 얼마 되지 않았지만 확신할 수 있었다.

소년은 화산에 어울리는 재목이라고 말이다.

"죄송합니다."

"허어."

"그만해. 명문 대파의 제자로서 뭐 하는 짓이냐? 멀쩡히 사문이 있는 아이를."

고척이 눈살을 찌푸렸다.

武人還生
무인환생

욕심은 이해했지만 그래도 너무 나가는 것 같아서였다.

그걸 송일강 역시 아는지 입맛을 다시며 뒤로 한 걸음 물러났다.

"그럼 이만."

뒤로 물러난 두 사람을 석진호는 조금의 미련도 없다는 듯이 스쳐 지나갔다.

그 모습에 두 사람이 나지막하게 한숨을 내쉬었다.

"정말 오랜만에 보는 무재였는데."

"저런 아이가 석가장에 있을 줄 알았나."

"하긴. 본파에서 석가장에 올 일은 없으니. 속가제자들 중에 저 정도 무골을 알아볼 수 있는 아이가 드물기도 하고."

"그래도 석가장인데 한 번도 연이 닿지 않았다는 게 의아하긴 하지만 말이야."

언제 싸웠냐는 듯이 두 사람은 죽이 척척 맞는 모습을 보이며 똑같이 입맛을 다셨다.

볼수록 아까운 생각만 들어서였다.

"인연이라는 게 사람의 뜻대로 안 되는 것이니까."

"빠르면 오 년 안에 두각을 드러내겠지?"

"그보다 더 빠를 수도 있고. 본파의 아이들에게 긴장하라고 말해 둬야겠는걸."

"화산파는 긴장 정도겠지만 우리는 추월당하지 않을까를 걱정해야 해."

"약한 소리는."

송일강이 코웃음을 쳤다.

종남파 역시 화산파와 마찬가지라 구대문파 중 한자리를 차지하고 있는 명문 대파였다.

고작 아이 하나 때문에 흔들릴 리가 없었다.

"근데 그거 우연이었을까?"

"뭐가?"

"우리가 잡으려고 했는데 피했잖아."

"운이었겠지. 딱 봐도 입문한 지 얼마 안 된 것 같았잖아. 아무리 천재라도 그건 불가능해."

송일강이 단언하듯 말했다.

두 사람이 천하십대고수급은 아니라고 해도 그 언저리에는 충분히 이름을 올릴 수 있는 고수였다.

그런 둘의 움직임을 파악하고 피해 내는 건 웬만한 고수라도 힘들었다.

"역시 운이겠지?"

"만약 알고서 그런 거면 미래의 천하제일인이겠지."

"에휴, 아쉽다. 거목으로 키울 수 있는 재목이었는데."

"인연이 아닌 게지."

두 사람이 고개를 휘휘 저으며 발걸음을 옮겼다.

소하정이 정성스럽게 만든 장포를 들고서 석진호가 처소

를 나섰다.

그리고 그 뒤를 보필하듯 탁윤이 따랐다.

"너도 가냐?"

손님들로 인해 한층 더 소란스러워진 외원을 가로지르는데 낯선 음성이 들려왔다.

기억 속에나 있던 인물이 그의 앞으로 다가왔던 것이다.

"석만호?"

"변했다는 소문이 파다하더니. 사실인 모양이네?"

떡하니 호위 무사까지 대동하고서 나타난 석만호가 신기하다는 표정으로 석진호를 쳐다봤다.

심약하고 늘 주눅 들어 있던 석진호의 모습은 이제 찾아볼 수가 없었다.

아무리 죽을 뻔한 일을 겪었다고 하지만 너무나 확 달라진 모습에 석만호는 적응이 되지 않았다.

"말이 짧다?"

"고작 한 달 차이 가지고."

"근데 난 사공자고 넌 오공자이지."

"우리 가문은 능력제일주의라는 거 잊었어?"

석만호가 자신의 허리춤에 있는 도를 손가락으로 툭툭 건드렸다.

지금껏 한량처럼 허송세월을 보낸 석진호와 달리 그는 어려서부터 무공에 매진했다. 스스로에게 상재가 없다는 걸 알

앉기에 다른 길을 찾았던 것이다.

"그래 봤자 이류 무인일 뿐이지."

"……내 나이에 이류 무사면 재능이 나쁜 건 아니거든? 그리고 놀고먹기만 하는 너에 비하면 난 충분히 내 몫을 하고 있다고 생각하는데."

"확실히 줄을 잘 서기는 했지."

빠득!

골려 주려 왔다가 되레 말려 버린 석만호가 인상을 팍 썼다. 왜소했던 석진호와 달리 어려서부터 강골로 유명했던 그가 얼굴을 일그러뜨리자 인상이 확 달라졌다.

하지만 지금의 석진호는 과거의 석진호가 아니었다.

"인상 쓰지 마라. 주름 늘어난다."

"이게 진짜!"

"좋은 날에 주먹다짐하자고? 보는 눈도 많은데?"

"끄응!"

반사적으로 주먹을 들어 올렸던 석만호가 황급히 팔을 내렸다.

그러고는 빠르게 주변을 살폈다.

잔칫날이었기에 가솔들은 물론이고 주변에 손님들도 많았다.

"투덕거림을 원한다면 근 시일 내에 시간을 내줄 테니 그때 하자고. 뭐, 내일 해도 상관없고."

武人還生
무인환생

석진호가 눈을 번뜩였다.

안 그래도 석만호에게는 갚아 줘야 할 빚이 있어서였다.

물론 생각하고 있던 게 아니라 지금 이 순간 갑자기 떠올랐다.

"도망치지나 마라."

"걱정하지 마."

석진호가 씨익 웃었다.

기다리는 쪽은 오히려 그였다.

마지막까지 눈을 부라리며 떠나는 석만호의 모습에 석진호가 피식 웃었다.

여전히 과거의 석진호로 생각하는 것 같아서였다.

하지만 그것도 나쁘지는 않다고 생각했다.

'달라졌음을 알리는 신호탄으로 석만호도 나쁘지는 않지.'

상가의 자제치고 석만호의 재능은 나쁘지 않았다.

범재보다 약간 나은 정도.

그래도 석가장에서는 상당히 높은 재능이었다.

"석가장에서만 말이지."

"괜찮으신가요?"

"당연히 괜찮지. 저까짓 애송이야 뭐. 오히려 어울리는 게 내 급에 안 맞지. 그보다 천극철갑공(天極鐵鉀功)을 익히는 건 어때?"

"헤헤! 힘들긴 한데 재미있어요. 몸이 건강해지는 것 같기도 하고요."

"대성하면 강기조차도 버텨 내는 외공이 천극철갑공이야. 그러니 꾸준히 익혀야 해."

석진호가 표정을 굳히며 단호하게 말했다.

하지만 그의 두 눈에는 흐뭇함이 가득했다.

괴롭고 힘들 텐데도 탁윤이 의외로 잘 따라오고 있어서였다.

"열심히 익혀서 공자님을 지켜 드릴게요."

"그럴 일은 없을 것 같다만. 뭐, 호의는 받아들이마."

"혹시 모르니까요. 그리고 원래 잡것들은 잡것들이 상대해야 하는 법이지요."

"갑자기 자기 비하는 하지 말고. 넌 나에게 있어 친동생이나 마찬가지야."

"고, 공자님."

가뜩이나 컸던 탁윤의 두 눈이 더욱더 커졌다.

진심이 담긴 한마디에 감격했던 것이다.

그러나 석진호는 그 모습에도 피식 웃으며 어깨를 두드려 주었다.

"천극철갑공도 널 위한 거야. 건강하고 튼튼하게 내 곁을 지키라고. 아, 이렇게 말하면 날 위한 게 되는 건가?"

"전 그게 더 좋아요, 헤헤!"

"녀석."

탁윤과 대화하는 사이 석진호는 연회장에 도착했다.

워낙에 찾아온 사람들이 많았기에 실내에서는 감당이 안 돼서 마당까지 사용하고 있었는데 그럼에도 발 디딜 틈을 찾기 힘들 정도로 사람이 많았다.

"어마어마하네요. 작년보다 더한 것 같습니다."

"중원십대표국의 주인들도 다 왔네."

기억에 남아 있는 얼굴들을 확인하며 석진호가 중얼거렸다.

하지만 신기해하지는 않았다. 여기에서나 대단하지 중원무림을 놓고 보면 딱히 비중 있다고 보기는 힘들어서였다.

오히려 며칠 전에 만났던 송일강과 고척이 더 거물이었다.

"우와……."

인산인해라는 말이 절로 떠오를 정도로 인파가 가득한 연회장이었지만 그럼에도 구분은 확실하게 되어 있었다.

보이지 않는 신분의 벽이 분명히 존재했던 것이다.

주류와 비주류라는 구분이 말이다.

그래서 그걸 유심히 보는데 옆에서 탁윤의 감탄사가 들려왔다.

"윤이도 남자구만?"

"으헤헤헤!"

탁윤이 쳐다보고 있던 곳을 바라본 석진호가 피식 웃었다.

어디 있어도 눈에 확 띌 정도로 대단한 미모를 지닌 여인

두 명이 있어서였다.

　게다가 벌이 꽃을 그냥 지나가지 못하듯 두 여인의 주위에는 수많은 청년들이 떼거지로 모여 있었다.

　"한창 좋아할 때지."

　"공자님은 아무렇지도 않으세요?"

　"여자야 거기서 거기지. 막상 만나 보면 똑같아. 그래도 못생긴 것보다는 미녀가 좋긴 하지."

　탁윤이 퉁방울만 한 눈을 끔뻑거렸다.

　어째 반응이 다른 남자들과는 너무나 다른 것 같아서였다.

　마치 세상을 다 산 노인처럼 욕정이라고는 눈곱만큼도 없는 모습에 탁윤이 고개를 갸웃거렸다.

　"공자님은 아직 첫사랑도 없지 않아요?"

　"책에 다 나와 있어, 책에."

　"아하."

　"근데 다 부질없는 짓인데. 저런다고 꽃을 딸 수 없는데 말이지."

　석진호가 혀를 끌끌 찼다.

　저렇게 매달린다고 얻을 수 있다면 꽃이 아니었다.

　또한 진즉에 꺾었을 테고.

　저런 미인들은 스스로 옷고름을 풀게 만들어야 했다.

　"무림오화(武林五花) 중 두 명이라니. 작년 생신잔치 때는 안왔었는데 말이죠."

"화산파와 제갈세가였던가."

"옙!"

평소보다 들뜬 기색으로 탁운이 우렁차게 대답했다.

그러다가 이내 주위의 이목이 집중되자 거북이처럼 목을 움츠렸다.

너무 크게 소리쳤다는 걸 뒤늦게 깨달은 것이다.

반면에 석진호는 조금도 눈치 보지 않았다.

"꽤 대단한 가문에서 왔네."

"태상장주님의 위상이 그만큼 높다는 뜻 아니겠습니까."

"그럴지도."

뿌듯한 표정을 짓는 탁운과 달리 석진호는 별다른 감흥 없이 대답했다.

조부라지만 실제로 그의 조부는 아니어서였다.

남아 있는 기억을 살펴봐도, 태어나서 지금까지 마주친 적은 양손으로 셀 수 있을 정도였다.

"대단하신 분들이 많으니 꽤 기다려야 할 것 같은데요."

여전히 무림오화를 힐끔거리며 탁운이 말했다.

늘어선 줄만 봐도 적지 않은 시간을 기다려야 할 것 같아서였다.

"혈족이니 안 기다려도 되지 않을까라고 말하고 싶지만, 그건 적통들에게나 해당되는 이야기겠지."

"어, 공자님."

자기 비하처럼 느껴지는 말에 탁윤의 얼굴이 어두워졌다.

어떻게 위로해야 할지 감이 안 잡힌다는 얼굴이었다.

"비하하는 거 아니니까 걱정하지 마. 난 그냥 현실을 말한 것뿐이니까. 이대로 돌아갈 생각도 없고."

"제가 보좌하겠습니다!"

"그래. 그거면 충분해. 혼자보다는 둘이 나으니까. 근데 저 걸 보니까 여기까지 온 게 아주 무의미하지만은 않은 것 같은데. 크크!"

석진호가 히죽 웃었다.

아까 전 그렇게 거들먹거리던 석만호가 이곳에서는 마치 하인처럼 정신없이 돌아다니며 명문 세가 출신 후기지수들의 뒤치다꺼리를 하고 있었다.

온갖 알랑방귀를 꾸면서 말이다.

그리고 그건 본처의 자식들인 셋도 마찬가지였다.

"여기 있었구나!"

"왜 이렇게 늦었느냐?"

후기지수들의 비위를 맞추느라 정신없는 형제들의 모습을 구경하던 석진호의 앞으로 두 개의 그림자가 가리어졌다.

그런데 석진호는 그림자의 주인을 보기도 전에 눈살을 찌푸렸다.

목소리만 들어도 누구인지 알 수 있어서였다.

"화산파와 종남파의 자리는 따로 준비되어 있는 것으로 알

武人還生
무인환생

고 있습니다만."

"우리 같은 늙은이들은 알아서 자리를 피해 주는 게 좋아."

"애들이 우리 눈치 보느라 제대로 잔치를 즐기기나 하겠어?"

대놓고 싫은 기색을 팍팍 내는 석진호의 모습에도 송일강과 고척은 넉살 좋게 웃으며 말을 이었다.

초면부터 까칠한 면모를 보였었기에 딱히 당황하지 않는 것이었다.

"저도 불편합니다만."

"그렇다고 해도 너무 정색하는 거 아니냐? 그래도 우리가 어른이고 손님인데."

"……."

석진호는 대답하지 않았다.

느낌상 여기서 더 받아 주면 계속 말을 걸 것 같아서였다.

외견은 소년과 청년 사이이지만 내부에는 노회한 늙은이가 자리 잡고 있었기에 석진호는 아예 여지를 두지 않았다.

"허어, 이거 너무 섭섭한데. 그래도 우리가 나름 강호에서 인정받는 무인들인데."

"우리의 가르침을 원하는 아이들이 수두룩한데 말이지."

두 사람이 얼굴 가득 서운함을 드러냈다.

하지만 눈동자에는 장난기도 서려 있었다.

둘을 이렇게 대하는 아이는 지금껏 단 한 명도 없었기 때문이다.

게다가 싫은 티를 내는 것과 달리 석진호는 둘을 조금도 어려워하지 않았다.

"저는 할아버지께 가야 해서 이만."

"네 이름이 석진호라는 걸 알고 있다. 그런데 순서를 기다리려면 시간이 꽤 필요할 것 같은데."

"그동안 나와 대화를 나누는 것은 어떻겠느냐? 너에게도 손해는 아닐 거라 생각하는데."

송일강과 고척이 빙그레 웃었다.

마치 석진호에 대해 모든 걸 다 파악했다는 표정이었다.

그러면서도 두 사람은 서로를 견제하는 것도 잊지 않았다.

"저는 두 분과 할 말이 없습니다만."

"우리는 있다."

"무공, 독학으로 익히는 거 힘들지 않더냐?"

두 사람이 마치 다 알고 있다는 듯이 말했다.

그 말에 석진호는 미간을 좁혔다.

두 명이 자신에 대해서 조사했음을 알 수 있어서였다.

"그게 두 분과 무슨 상관인지 모르겠습니다만."

"지금이라도 늦지 않았어. 다시 생각해 보는 거 어때? 네 재능이라면 매화검수가 되는 것도 불가능하지 않아. 다시 시작하는 게 두려울 수도 있지만, 본파의 무공이라면 잃은 공력은 금세 회복할 수 있다."

"또 선수 치네, 이놈이!"

"자고로 먼저 먹는 게 임자지."

송일강이 얍삽한 미소를 머금었다.

점잔을 떨다가 인재를 빼앗기느니 없어 보이더라도 먼저 들이대는 게 나았다.

품위는 나중에 얼마든지 다시 세울 수 있었으니까.

"종남으로 오너라. 매화검수 정도는 가볍게 찜 쪄 먹을 정도의 고수로 키워 주마. 내 이름을 걸고 약속하마!"

고척 역시 질 수 없다는 듯이 큰소리였다.

비록 세간의 평가는 화산파보다 못하지만 그렇기에 더욱더 석진호에게 집중할 수 있었다.

그리고 무공의 수준은 종남파도 절대 화산파에 뒤지지 않았다.

"뭐야? 무슨 일이야?"

"왜 그래?"

"저기 저분들, 화산파와 종남파의 장로님들 아냐?"

고척의 고성에 삼삼오오 모여 있던 이들의 시선이 석진호에게로 향했다.

특히 젊은이들의 눈빛이 심상치 않았다.

군소 방파나 중소 세가 출신들, 특히 방계의 소년들과 청년들은 하나같이 부러움이 가득한 눈으로 석진호를 쳐다봤다.

그들의 목적이 바로 대문파나 명문 세가 고수들의 눈에 드는 것이었기에 몇몇은 질투심을 숨기지 않고서 석진호를 노려봤다.

"흥."

물론 석진호는 그걸 알면서도 콧방귀를 뀌었고.

애초에 눈에 띌 재능이었으면 굳이 여기까지 올 필요도 없이 진즉에 인연을 만났을 터였다.

그리고 노력도 하지 않고 한 방만 노리는 이를 그는 경멸했다.

적어도 석진호는 수많은 생을 살면서 단 한 번도 요행을 바란 적은 없었다.

"누구야, 쟤?"

"석가장의 인물 같은데."

"그중에 화산과 종남이 관심을 기울일 만한 재능이 있다고? 상가에서?"

"적자는 아닌 거 같은데, 부럽다. 진짜 너무너무 부럽다."

석가장의 삼 남매에 대해서는 적어도 하북성에서는 널리 알려져 있었다.

아무래도 상계에서 가장 큰 세력을 가지고 있고 천하에 영향력을 끼치는 만큼, 자연스레 승계 전쟁을 벌이는 삼 남매에 대해서도 어느 정도는 알려질 수밖에 없었다.

다른 이들이 굳이 서출까지 신경 쓸 필요는 없었고 말이

무인환생

다.

"근데 저 녀석 표정이 왜 그래?"

"왠지 모르게 정반대가 된 것 같은데……."

"나 같으면 엎드려 절하면서 감사하다고 할 텐데."

"화산과 종남이면, 어후."

군소 방파나 소문파의 자제들이 얼굴 가득 부러운 표정을 띠었다.

또 두 곳은 불문이나 도문도 아니었기에 혼례를 막지도 않았다.

그래서 그들은 석진호가 너무나 부러웠다.

동시에 이해가 가지 않았고.

"제 생각은 지난번에 말씀드린 것으로 알고 있습니다."

"생각은 늘 바뀔 수 있는 법이다. 그리고 익힌 무공에 따라 오를 수 있는 경지가 달라진다는 사실을 너도 알고 있을 것이다."

"본파의 무공이라면 천하제일인도 불가능하지 않다. 대성한다면 능히 천하제일인에 오를 수 있어."

"그 대성을 누가 했는데? 종남파 시조 이후에 대성한 사람이 있나?"

송일강의 지적에 고척의 얼굴이 붉어졌다.

대놓고 지적하니 열불이 치솟은 것이다.

"그래서 화산은? 그토록 자랑하는 이십사수매화검법을 대성한 사람이 있나? 검향(劍香)을 피워 낸 이가 시조 말고는 누가 있지?"

"끄응!"

석진호를 사이에 두고서 두 사람이 갑론을박을 펼쳤다.

점점 더 목소리를 키워 가면서 말이다.

그런데 신기한 것은 두 사람이 목소리를 높여 감에도 석진호는 별다른 표정 변화가 없었다.

"확실하게 말씀드리겠습니다. 저는 지금 익히고 있는 무공을 익힐 겁니다. 그러니 이쯤 하십시오. 두 분 다 시간 낭비하지 마시고요."

"으음!"

"허어!"

단호하기 짝이 없는 석진호의 말에 두 사람이 석상처럼 굳어졌다.

말투에서 조금의 여지도 없다는 사실을 깨달을 수가 있어서였다.

그런데 웃긴 건 자존심이 상하기보다는 안타까운 심정이 먼저 든다는 점이었다.

더욱이 웬만한 무재는 성에 차지도 않았던 둘이었기에 더더욱 아쉬웠다.

제4장 짬에서 나오는 존재감

거머리처럼 달라붙던 둘을 겨우겨우 떼어 낸 석진호는 곧바로 선물 증정식이 벌어지고 있는 곳을 향해 걸어갔다.

길게 늘어선 줄의 맨 끝에 섰던 것이다.

할아버지와의 관계는 언제 끊어져도 이상하지 않을 정도로 얇았지만 그래도 혈육이었다.

알아보지는 못하더라도 손자로서 얼굴은 비쳐야 나중에 할 말이라도 있을 것이기에 석진호는 탁윤과 함께 줄을 섰다.

"거기서 뭐 하느냐?"

"……숙부님."

"네가 왜 거기 서 있어?"

손님들을 응대하던 석명우가 황당하다는 표정으로 석진호

를 쳐다봤다.

비록 서출이기는 하나 석가장의 혈육이 손님들이 서는 줄
에 서 있자 어처구니가 없었던 것이다.

"순서를 기다리는 중입니다."

"우리가 남이냐? 네가 왜 손님들 서는 줄에 서 있어?"

석진호가 쓴웃음을 지었다.

엄밀히 따지자면 남보다 못한 사이가 바로 조부와 그의 관
계였다.

태상장주의 손자라고 해서 덕을 본 게 있는 것도 아니었
고, 심지어 석명우는 장원 내에서 마주쳤을 때 못 본 척하고
지나간 적이 많았다.

눈이 마주쳐서 인사까지 했음에도 불구하고 말이다.

'이제는 좀 대화할 가치가 생겼다는 거냐?'

석진호가 피식 웃었다.

얄팍한 석명우의 속셈이 그의 눈에는 훤히 보였던 것이다.

아마 송일강이나 고척이 자신에게 관심을 보이지 않았더
라면 이렇게 다가와 말도 걸지 않았을 게 분명했다.

"바로 뵐 수 있습니까?"

"물론이지. 참고로 나도 방계 출신인 거 알고 있지?"

"예."

은근히 친한 척을 하는 석명우에게 겉으로는 깍듯하게 대
답하며 석진호가 발걸음을 옮겼다.

무인환생

지금 이 상황에서 석명우를 이용하는 것도 나쁘지만은 않아서였다.

　이렇게 시간을 절약할 수 있다면 오히려 그에게는 이득이었다.

　'굳이 이곳에 오래 머물러 있고 싶은 마음도 없고.'

　연회장이 성대하게 꾸며졌지만 그건 석가장의 기준에서고 석진호에게는 아니었다.

　이보다 더 화려하고 큰 연회를 석진호는 수도 없이 보고 즐긴 경험이 있었다.

　그렇기에 석진호는 심드렁한 얼굴로 석명우를 따라 태상장주가 있는 전각 안으로 들어갔다.

　"네가 진호로구나."

　"오랜만에 뵙습니다, 태상장주님."

　소하정이 만들어 준 장포를 손에 들고서 석진호가 의자에 앉아 있는 태상장주에게 정중하게 인사를 올렸다.

　할아버지에게 하는 인사라기보다는 상급자에게나 할 법한 깍듯한 인사에 태상장주가 묘한 표정을 지었다.

　"할아비에게 하는 인사치고는 너무 차가운 거 같은데 말이다."

　"그렇습니까."

　일흔이라는 나이가 무색할 정도로 태상장주의 눈빛과 목소리에는 힘이 넘쳤다.

근육과 살이 빠지기는 했으나 여전히 풍채는 일흔 넘은 노인치고 탄탄했다.

머리카락 역시 백발이긴 해도 윤기가 자르르 흐르고 있었고.

"다른 사람이 보면 조손지간인지도 모르겠어. 그나마 얼굴을 봐야 좀 닮았구나 싶은 정도?"

태상장주의 농담에도 석진호는 별다른 표정을 짓지 않았다.

그저 시종일관 덤덤한 태도를 유지했다.

다른 이도 아니고 한때 중원에서 상왕(商王)이라 불렸던 그를 마주 보고서 말이다.

태상장주는 그게 신기했다.

'첫째도 나를 어려워하는 판국에.'

석가장주의 장주이자 그에게는 장손이 되는 석진룡도 그와 대면하면 어려워하는 기색을 숨기지 못했다.

어떤 사람과도 거래를 할 수 있어야 하는 게 상인인 만큼 자신의 표정과 감정을 숨기는 것은 기본 중의 기본이었다.

그런데 손자 손녀 중에 그 기본을 제대로 갖추고 있는 이는 아직 보이지 않아서 걱정이 많았었는데 석진호를 보자 자신이 너무 빨리 포기한 것은 아닌가 하는 생각이 들었다.

"생신 축하드립니다. 이건 저희가 준비한 선물입니다."

"저희라?"

武人還生
무인환생

"유모와 탁윤이, 그리고 제가 함께 준비했습니다."

"호오."

태상장주가 의외라는 표정을 지었다.

보통은 자신이 준비했다고 하는데 석진호는 달라서였다.

또한 그에게 딱히 잘 보이려고 하지 않는 것도 인상 깊었다.

자식들이고 손주들이고 하나같이 그에게서 무언가를 얻으려고만 하는데 석진호는 달랐다.

스윽.

그래서 그는 갑자기 궁금해졌다.

석진호가 어떤 선물을 가져왔는지 말이다.

이윽고 비단으로 포장되어 있던 장포가 모습을 드러냈다.

"그리 대단한 것은 아닙니다."

"정성만큼 대단한 것도 없는 게 사실이지. 보이지 않지만, 어쩌면 그렇기에 더욱더 값진 법이지."

한눈에 직접 한 땀 한 땀 정성 들여 만든 장포인 것을 알아본 태상장주가 고개를 주억거렸다.

딱 봐도 자신의 체형에 맞춰서 제작했음을 알 수 있어서였다.

"좋구나."

받기만 하고 열어 보기는커녕 쌓아 두기만 한 다른 선물과 달리 태상장주는 의자에서 일어나 장포를 직접 입어 봤다.

순백의 빛깔을 가진 새하얀 장포였는데 그가 생각한 대로 지금의 몸에 딱 맞았다.

"잘 어울리십니다, 아버지!"

"공석에서는 그리 부르지 말라고 하지 않았더냐."

"죄, 죄송합니다!"

나지막하지만 위엄 넘치는 한마디에 석명우가 황급히 고개를 숙였다.

감히 눈을 마주하지 못하고 쩔쩔맸던 것이다.

그리고 그 모습에 태상장주가 작게 혀를 찼다.

불혹이 훨씬 넘었음에도 여전히 나잇값을 못하는 것 같아서였다.

'반면에 이 녀석은 아직 열여덟도 되지 않았는데 날 직시하고 있지.'

자연스레 비교되는 석진호의 모습에 태상장주가 묘한 표정을 지었다.

둘이 나란히 서 있으니 너무나 확연히 비교가 되었던 것이다.

"화산파와 종남파의 장로들이 관심을 보인다는 말을 들었다."

"그렇습니다."

"둘 중 한 곳으로 가려느냐? 올해가 네 열여덟 번째 생일로 알고 있는데."

무인환생

"두 곳 다 관심 없습니다."

"관심이 없다?"

태상장주가 고개를 갸웃거렸다.

정말 생각지도 못한 대답이어서였다.

화산파와 종남파가 어떤 곳이던가.

더구나 석진호는 직계라 하나 서출이었다.

"예. 소림사와 무당파도 거절할 판에."

"크하하핫!"

태상장주가 파안대소를 터트렸다.

그리고 옆에 있던 석명우는 어처구니없다는 표정을 지었다.

마치 미친놈을 보는 듯한 표정이었다.

반면에 태상장주는 재미있다는 얼굴로 석진호를 쳐다봤다.

"일단 제 생각은 그렇다는 겁니다."

"아아, 미안하구나. 비웃으려는 게 아니었다. 다만 너무 의외의 말을 들어서. 어쨌든 뜻은 상계가 아닌 무림에 두었다는 것이구나."

"일단은요."

"일단이라?"

태상장주가 눈을 빛냈다.

말하는 걸 들어 보니 무공은 시작이라는 느낌이 들어서였다.

"계속 고민 중입니다. 삶이라는 게 뜻대로 안 되기는 하지만, 그래도 계획은 필요하니까요."

"할아비가 도와줄 것은 없느냐?"

석진호의 옆에 조용히 서 있던 석명우의 동공이 순간 흔들렸다.

지금까지 수많은 혈족들이 저 한마디를 듣고자 온갖 노력을 다 했음에도 정작 들은 이는 없었다.

그런데 지금까지 존재감이라고는 눈곱만큼도 없던 석진호가 저 말을 듣자 석명우는 믿을 수가 없었다.

'심지어 아버지는 어제까지만 하더라도 석진호 자체를 몰랐다.'

지금은 누가 봐도 조손지간처럼 보였지만 실상은 달랐다는 걸 석명우 본인이 가장 잘 알았다.

혈족들에게 업신여김을 당하는 것은 물론이고 가솔들에게도 무시를 당했던 이가 석진호였다.

그런데 한순간에 너무나 바뀌었다.

완전 다름이라고 해도 이상하지 않을 정도로 말이다.

"없습니다."

"정말로?"

"예."

"무공에 입문하기에는 네 나이가 상당히 많은 편이지. 대개는 늦었다고 말할 것이고. 그런데도 필요한 게 없단 말이냐?"

태상장주가 투명한 눈으로 석진호를 지그시 쳐다봤다.

방금 전의 말이 본심인지, 아니면 더 많은 걸 얻어 내기 위해 잔꾀를 부리는 것인지 확인하기 위해서였다.

그런데 놀랍게도 석진호의 눈빛에서 보이는 것은 귀찮음이었다.

믿기지 않게도 석진호는 정말로 아무것도 바라지 않았던 것이다.

"예."

"허허허허!"

오히려 어서 빨리 자리를 파하고 싶어 하는 기색에 태상장주는 실소가 절로 나왔다.

그리고 확실하게 깨달았다.

적자, 서자를 통틀어 쓸 만한 아이가 나타났음을 말이다.

거기에 더해 그는 한 가지를 더 꿰뚫어 봤다.

'본장에 묶이기 싫다는 것이더냐.'

칠십 년 동안 살아온 연륜은 어디로 가지 않았다.

육체는 세월의 흐름에 따라 노쇠해 갔지만 정신은 달랐다.

그렇기에 그는 석진호의 속내를 단숨에 꿰뚫어 봤다.

'하지만 석가의 피가 이어진 이상 완전히 벗어날 수는 없지.'

더구나 하나같이 실망스러운 자손들 중에서 유일하게 마음에 든 아이가 눈앞의 석진호였다.

비록 석진호의 신분이 서출이라고 하나 그건 그에게 큰 문제가 되지 않았다.

상재가 있는지 없는지는 모르겠으나 없다고 해도 상관없었다.

부족한 부분은 다른 이로 얼마든지 채울 수 있었다.

'그 반대가 될 수도 있고.'

중요한 것은 석진호가 석가장을 떠받칠 만한 재목이라는 점이었다.

태상장주에게 그거면 충분했다.

"저기, 태상장주님."

"아, 시간이 벌써 이렇게 되었나. 진호야."

예상했던 것과 달리 대화가 꽤 길어지자 석명우가 조심스럽게 그를 불렀다.

오늘 하루 동안 태상장주가 만나야 할 사람이 수두룩했기에 대화를 이쯤에서 마무리 짓기 위해서였다.

"예, 태상장주님."

"연회가 끝나고 따로 한 번 더 보자꾸나."

"……알겠습니다."

"그래도 내가 할아비인데 너무 싫은 티를 내는 것 아니냐?"

태상장주가 피식 웃었다.

그의 호출이면 장내에서 달려올 이들은 수두룩했다.

직계이건 방계이건 상관없이 말이다.

그런데 석진호는 달랐다.

"잘못 보신 겁니다."

"예끼, 이놈아. 내 눈은 못 속인다."

"설마 제가 그러겠습니까."

"능글맞은 게 딱 장사꾼인데 말이지."

"장사에는 관심이 없습니다."

석진호가 딱 잘라 말했다.

상재가 있을지도 모르지만, 나중에는 할 마음도 있지만 적어도 지금은 아니었다.

우선은 일신의 무력을 되찾는 게 먼저였다.

금력도 분명 세상을 움직이는 거대한 힘 중 하나지만 마지막 순간에 자신과 주변 사람들을 지킬 수 있는 건 무력이었다.

"너무 단호한 거 아니냐. 그래도 내가 태상장주인데 말이지."

"적어도 지금은 없습니다."

"알겠다. 그 부분은 다음에 다시 얘기해 보자꾸나. 아직 우리에게 시간은 많으니."

안절부절못하는 석명우의 모습에 태상장주가 얼굴 가득

아쉬운 표정을 지었다.

오랜만에 대화다운 대화를 나누는데 시간이 너무 촉박한 것 같아서였다.

마음 같아서는 느긋하게 차라도 한잔하며 오붓한 대화를 나누고 싶었지만 안타깝게도 만나야 할 사람들이 많았다.

진짜배기들이 남아 있기도 했고 말이다.

"이만 물러나 보겠습니다."

"근 시일 내에 사람을 보내마."

"알겠습니다."

미련이 가득한 태상장주와 달리 석진호는 냉큼 몸을 돌렸다.

그게 태상장주는 이상하게 서운했다.

매달려야 하는 쪽은 누가 봐도 석진호인데 실상은 반대이자 그는 속내가 복잡했다.

"커험!"

그러자 나오는 것은 결국 한숨이었다.

동시에 석진호에 대한 궁금증이 무럭무럭 샘솟았다.

"손님을 모셔 오겠습니다."

"그래."

석명우가 나갔지만 태상장주의 뇌리 속에 그의 음성은 남아 있지 않았다.

화인처럼 석진호만 떠올라 있었다.

무인환생

한편 선물 증정을 마치고 건물 밖으로 나온 석진호는 미간을 좁혔다.

나오기 무섭게 얼굴에 질투심이 덕지덕지 붙어 있는 청년 하나가 그의 앞을 가로막았던 것이다.

"야."

"뭐?"

"허!"

앞을 가로막은 청년이 어처구니없다는 표정을 지었다.

이런 반응은 조금도 예상하지 못해서였다.

하지만 짜증이 나는 건 석진호도 마찬가지였다.

"뭔데 길을 막아? 안 비켜?"

"좋게 대화 좀 할까 했더니…….."

"네 표정을 봐. 좋게 말하려는 사람의 표정인지. 딱 시비를 걸러 온 표정이지."

석진호가 콧방귀를 뀌었다.

누가 봐도 상대의 표정은 질투에 눈이 멀어 시비를 걸러 온 것이었다.

그걸 좋게 포장하려고 애를 쓰는 듯했지만 애초에 시작부터가 틀려먹었다.

또한 그건 청년의 머리가 나쁘다는 걸 뜻했다.

'진짜 영악한 녀석들은 오히려 웃지. 표정 관리는 기본 중의 기본이니까.'

석진호의 뇌리에 수많은 이들이 떠올랐다.

전생에서 겪었던 이들이 자연스레 연상되었던 것이다.

"그렇다면 굳이 숨길 필요는 없겠군."

"두 장로가 나에게 관심을 보인 게 정말 부러웠던 모양이야?"

"부럽기는!"

청년이 버럭 소리를 질렀다.

어려서부터 제법 열심히 수련을 했는지 꽤나 탄탄한 육체를 가지고 있었지만 그래 봤자 석진호의 눈에는 애송이일 뿐이었다.

"얼굴에 부럽다는 두 글자가 그대로 떠올라 있는데 무슨."

"이익!"

비아냥거리는 석진호의 말에 청년, 하북 예씨세가 출신의 예중악의 얼굴이 붉으락푸르락했다.

정곡을 찌르자 순간적으로 말문이 막혔던 것이다.

그래서 그는 대신 손을 뻗었다.

이미 찾아오기 전 석진호에 대해서 알아봤기에 그의 움직임에는 망설임이 없었다.

'얼마 전까지 하인들에게 무시나 받던 서출 따위가!'

예중악은 지금도 믿을 수가 없었다.

무인환생

자신의 두 눈으로 똑똑히 봤음에도 인정할 수 없었다.

보잘것없는 석진호가 화산파와 종남파의 뜨거운 관심을 받는 게 말이다.

'그것도 얼마 전까지 허송세월만 보낸 놈 따위를!'

쉬이익!

질투에 눈이 먼 예중악의 손바닥이 맹렬하게 석진호의 멱살로 향했다.

일단은 도망치지 못하게 멱살을 잡을 생각이었다.

그런 다음 석진호가 얼마나 못난 놈인지, 부족한 녀석인지 사방에 보여 줄 생각이었다.

물론 단순히 흥분해서 일을 벌이는 건 아니었다.

현재 석진호의 위치를 파악했기에 그는 뒤처리까지 다 계산한 상태였다.

'일단 두들겨 팬 다음에 사과하면 될 일이지. 어차피 내놓은 자식이나 마찬가지라고 하니까.'

석가장주의 적자라면 감히 생각조차 하지 못할 일이지만 서자라는 게 그의 마음을 흔들었다.

거기다 가문 내에서 없는 사람 취급을 받고 있다는 점 역시 그의 고민을 짧게 만들어 주었고 말이다.

부웅!

하지만 예중악의 계획은 처음부터 어그러졌다.

기습적으로 뻗은 그의 손을 석진호는 너무나 쉽게 피해 냈던 것이다.

더도 말고 덜도 말고 딱 옆으로 반보 움직인 석진호의 움직임에 예중악의 우악스러운 손은 빈 허공만 갈랐다.

"먼저 주먹을 휘둘렀으니 이제부터는 정당방위로 봐도 되겠지? 더구나 여기는 우리 집 앞마당이니."

"어?"

싸늘한 석진호의 말보다 예중악은 자신의 공격이 실패했다는 사실에 충격을 받았다.

무공에 입문한 지 얼마 되지 않은 석진호와 달리 그는 무려 십 년 넘게 수련에 매진한 무인이었다.

쌓은 공력만 따져도 감히 비교할 수가 없는 수준이었다.

한데 그런 그의 공격을 석진호는 너무나 여유롭게 피해 냈다.

"그러니 처맞아도 억울해하지는 마. 원래 인생이라는 게 뿌린 대로 거두는 법이거든. 당장은 아니더라도 나중에는 다 뿌린 대로 돌려받게 되어 있어."

"큭!"

말이 채 끝나기도 전에 복부로 파고드는 발길질에 예중악의 허리가 꺾였다.

새우등처럼은 아니더라도 상당히 휘어졌던 것이다.

하지만 예중악도 가만히 당하고만 있지는 않았다.

빠르게 치고 빠지는 석진호의 발을 붙잡기 위해 왼팔을 갈

武人還生
무인환생

고리처럼 휘둘렀다.

스르륵.

그러나 석진호는 그의 움직임을 예측했다는 듯이 너무나 유려하게 빠져나갔다.

마치 예중악이 일부러 놓아준 것처럼 보일 정도로 말이다.

퍼퍼퍼퍽!

그 모습에 예중악이 기가 막히다는 표정을 지을 때 석진호의 두 손이 불을 뿜었다.

훤히 열린 예중악의 상반신과 얼굴을 사정없이 두들겼던 것이다.

"크아악!"

분명 현재 석진호의 공력은 일천했다.

남들이 보면 미쳤다고 할 정도로 하루 중 사용할 수 있는 모든 시간을 무공 수련에 보냈다.

그러나 빠르게 바꿀 수 있는 육체와 달리 공력은 시간이 필요했다.

영약을 먹지 않는 한 하루아침에 절정 고수가 될 수 없었다.

'하지만 짬밥을 괜히 먹은 게 아니지.'

단순히 능력치만 따지자면 그는 예중악과 비교할 수 없었다.

그러나 석진호에게는 남들과는 감히 비교할 수 없는 경험이 있었다.

휘이익!

그렇기에 석진호는 악을 쓰듯 두 팔을 휘두르는 예중악의 공격을 너무나 쉽게 흘려 냈다.

아무리 강력한 일격도 맞지 않으면 소용없는 법이었다.

게다가 제대로 된 실전도 겪어 보지 못한 예중악의 공격은 눈을 감고도 피할 수 있을 정도로 어설프고 단순했다.

빠각!

제 딴에는 나름 벼락같이 내지른 주먹이라고 생각했겠지만 석진호에게는 아니었다.

단순 무식한 투로에 뻔하디뻔한 움직임을 예상하는 건 너무나 쉬웠기에 석진호는 하품을 하며 예중악의 턱에 일 권을 먹였다.

"어, 어떻게?"

"훤히 다 보이는데 못 피하는 게 병신 아닌가?"

"으아아아!"

지루하다 못해 권태롭다는 듯이 대답하는 석진호의 모습에 예중악이 결국 검을 뽑아 들었다.

단순히 망신을 주는 선을 지나 예중악은 살의를 품었다.

망신을 주기는커녕 되레 망신을 당하자 이성을 잃은 것이었다.

그 모습에 혹시 모를 사고를 대비해 연회장 한쪽에 대기하고 있던 석가장의 호가 무사들이 황급히 몸을 날렸다.

쩌엉!

하지만 그들이 나설 일은 벌어지지 않았다.

언제 권태로운 표정을 지었냐는 듯이 석진호가 벼락같이 움직이며 예중악에게서 검을 빼앗았던 것이다.

"공자님!"

"허!"

그 광경에 은근슬쩍 지켜보고 있던 이들이 모두 놀랐다.

특히 후기지수들이 가장 크게 놀랐다.

수준은 낮지만 그래도 오랜 시간 동안 무공을 익힌 이가 예중악이었다.

그런데 공력이 일천해 보이는 석진호가 마치 어린아이 다루듯이 가지고 놀자 다들 놀란 표정을 감추지 못했다.

"괜찮습니다."

"이 일은 예씨세가에 직접적으로 따질 것입니다."

"그, 그러니까……."

서슬 퍼런 호가 무사의 말에 예중악이 말을 더듬었다.

하지만 호가 무사들은 살벌한 안광을 거두지 않았다.

아무리 석진호가 서출이라고 하나 엄연히 석가장의 혈육이었다.

더구나 이곳은 태상장주의 칠순연이 벌어지고 있는 연회장이었기에 호가 무사들은 결코 이번 일을 좌시하지 않겠다는 듯이 예중악을 노려봤다.

"잠시만요."

그런데 그때 석진호가 앞을 가로막은 호가 무사들 사이로 걸어갔다.

호가 무사들은 도와주러 온 것이었지만 실제로 그에게 큰 도움이 되지는 않았다.

오히려 방해했다면 모를까.

"공자님?"

"마무리는 제가 짓고 싶어서요."

땡그랑.

호가 무사들에게는 일절 시선을 주지 않으며 석진호가 예중악의 앞에 섰다.

그러고는 빼앗았던 검을 바닥에 던졌다.

"무슨 짓을……. 꺽!"

"시작을 네가 했으니 끝은 내가 내는 게 이치에 맞지 않겠어?"

호가 무사들의 살벌한 기세에 이러지도, 저러지도 못한 채 눈알만 굴리던 예중악이 개구리 자세로 바닥에 엎어졌다.

석진호가 목을 잡고서 그대로 내려찍었던 것이다.

그런데 고통스러움에 부르르 떠는 예중악의 모습에 호가 무사들은 오히려 흐뭇한 얼굴로 고개를 주억거렸다.

남자라면, 사내대장부라면 저 정도 강단은 있어야 한다고

武人還生
무인환생

생각해서였다.

'변했다는 소문은 들었지만 저 정도로 변했을 줄이야.'

'움직임에 군더더기가 없어. 진짜 천재란 말인가?'

호가 무사들이 대동소이한 눈빛으로 석진호를 쳐다봤다.

하지만 그들보다 더 뜨거운 눈빛을 보내오는 이들이 있었다.

바로 아까 전에 까인 송일강과 고척이 대놓고 입맛을 다시며 석진호를 쳐다봤던 것이다.

"꼬우면 다시 덤벼. 근데 그때는 이렇게 안 끝날 거야."

그러나 정작 석진호는 다른 이들의 시선이 느껴지지 않는지 쭈그려 앉아서 여전히 몸을 떨어 대는 예중악에게 귓속말을 했다.

보는 눈들이 많아 제대로 짓밟지 못했기에 내심 따로 찾아오기를 바라며 도발한 것이었다.

그런데 예중악은 석진호의 말을 들었음에도 별다른 반응을 보이지 않았다.

"저희가 치우겠습니다."

"부탁드려요."

"별말씀을. 그리고 잘하셨습니다."

호가 무사들 중 가장 상급자가 씨익 웃으며 석진호를 향해 엄지를 세워 보였다.

다른 호가 무사들도 행동은 하지 않았지만 다들 똑같은 표정이었다.

"고생하세요."

예전과는 확연히 달라진 태도였지만 정작 석진호는 대수롭지 않다는 얼굴로 무덤덤하게 몸을 돌렸다.

볼일을 다 봤으니 처소로 가려는 것이었다.

"같이 가요, 공자님!"

"얼른 따라와."

"옙!"

"내가 다루는 거 잘 봤지? 너도 올해 안에는 이 정도 해야 해."

"예?"

따라오라는 말도 없이 성큼성큼 걸어가는 석진호의 뒤로 부랴부랴 따라붙었던 탁윤이 통방울만 한 눈을 끔뻑거렸다.

요구 조건이 말도 안 되게 높아서였다.

"왜? 못할 거 같아?"

"저, 저는 힘들지 않을까요?"

"불가능은 없어. 다만 노력하는 자가 있을 뿐이지."

꿀꺽!

탁윤은 왠지 모르게 소름이 돋았다.

목소리도 목소리지만 석진호의 눈빛이, 표정이 심상치가 않아서였다.

마치 자신의 앞으로 지옥문이 열리는 것 같은 환상이 보이

무인환생

자 탁윤은 얼굴이 해쓱해졌다.

"넌 할 수 있어. 왜냐하면 내가 그렇게 만들 거거든."

"최, 최선을 다해 볼게요."

"그래. 그 마음가짐이면 돼."

석진호가 만족스러운 얼굴로 연회장을 나섰다.

볼일을 다 봤기에 미련 없이 처소로 돌아가는 것이었다.

그런데 처음 등장했을 때와 달리 수많은 시선이 그에게 향해 있었다.

"정말 많이 변했는데?"

"역시 사람은 죽을 뻔하면 변하는 모양입니다."

"쓸 만할 것 같지?"

"아직은 좀 더 봐야 하지 않겠습니까, 아가씨."

학사풍의 옷을 입은 중년인이 손에 든 부채를 흔들며 신중한 기색으로 말했다.

변한 것은 확실해 보였지만 그렇다고 벌써부터 결정할 필요는 없다고 생각해서였다.

다시 과거로 돌아갈 가능성도 있었고 말이다.

"신중한 것도 좋지만 때로는 과감할 필요도 있다고 생각하는데 말이지."

석가장주의 셋째 딸이자 현재 승계 전쟁을 벌이고 있는 석미룡이 주변을 향해 눈짓했다.

연회장을 벗어나는 석진호를 주시하는 눈빛은 두 사람만

이 아니라는 걸 행동으로 말했던 것이다.

"으음!"

"일단은 잡아 놓고 고민해 보는 것도 나쁘지 않다고 보는데?"

"잡히지 않을 수도 있습니다."

"그러니까 다른 이들보다 먼저 움직여야 하지 않겠어?"

석미룡이 입술을 핥았다.

그러자 새빨갛던 입술이 더욱더 선명하게 반짝거렸다.

"저는 개인적으로 좀 더 지켜보는 것도 나쁘지 않다고 생각합니다."

"근데 선택권은 나에게 있는 거 알지?"

"물론입니다."

"일단은 좀 더 알아볼 만한 가치는 있을 거 같아."

석미룡의 말에 중년인이 고개를 끄덕였다.

그러고는 뒤에 있는 수하를 손짓해서 불렀다.

"사소한 것들까지 모두 알아보도록."

"예."

중년인의 지시에 수하가 조용히 물러났다.

지금부터 모든 정보를 수집하기 위해서였다.

"저 녀석이 변수를 만들어 주었으면 좋겠는데 말이지."

"딱 그 정도면 더할 나위 없이 좋을 텐데 말이지요."

"근데 야망이 없는 남자만큼 매력 없는 남자도 없어."

武人還生
무인환생

석미룡이 어깨를 으쓱거렸다.

하지만 말은 이렇게 해도 그녀는 석가장주 자리를 포기할 생각이 없었다.

그녀는 두 오빠들을 제치고 측천무후처럼 여인으로서 왕좌에 오를 생각이었다.

제5장 모이는 시선들

며칠 사이 석진호의 처소는 많은 게 달라졌다.

식재료나 의복을 가져다줄 때 말고는 찾아오는 사람이 없었는데 지금은 하루가 멀다 하고 사람들이 찾아왔다.

특히 하인들이 많았는데, 쓸데없이 찾아와서는 처소 주변을 얼씬거렸다.

"공자님은 뒷마당에 계시나?"

"슬쩍 한번 들어가 볼까?"

"무슨 이유로 들어가게? 눈치 없이 들어갔다가 장칠이 혼쭐이 난 거 잊었어?"

"그, 그건 그렇지."

십 대 중반의 하인이 마른침을 삼켰다.

친한 형인 장칠이 무대포로 석진호를 찾아갔다가 크게 혼 난 것을 그는 두 눈으로 직접 목격했기에 자기도 모르게 말 을 더듬었다.

그때의 싸늘한 눈빛을 그는 아직도 잊지 못하고 있었다.

"엄청나게 무서웠다면서?"

"장난 아니었어. 고저 없이 논리적으로 따박따박 말하는데 대꾸할 건더기가 아예 없더라고."

"진짜 변하긴 변하셨어. 체격도 엄청 좋아지고."

"그게 다 매일같이 수련한 덕분이라잖아."

대답을 한 소년의 시선이 처소 주변을 훑었다.

월동문 근처를 돌아다니는 건 둘뿐만이 아니었다.

다양한 나이대의 하인들이 처소 주변을 대놓고 기웃거리 고 있었다.

언제 나올지 모르는 석진호를 기다리며 말이다.

"근데 어디서 무공을 얻었을까. 무공 서고에 있는 무공들 은 다 수준 낮은 것들이잖아. 절학이라고 할 수 있는 상승 무 공들은 장주님이 따로 관리하시는 걸로 알고 있는데."

"무림에는 기인 이사가 모래알처럼 많다잖아. 은거 기인을 사사한 건 아닐까? 아무도 모르게 슬쩍 찾아와서 비전 절학 을 전수해 주고 간 거지. 아니면 기연을 얻었거나."

"그 콩고물을 탁운 형이 얻어먹은 것이고 말이지."

두 소년의 눈동자가 형형하게 빛났다.

武人還生
무인환생

얼마 전 저잣거리에서 뒷골목 왈패들과 시비가 붙은 하인들을 구해 준 탁윤의 소문은 반나절이 채 되기도 전에 석가장 전체로 퍼져 나갔다.

무인들에게는 별거 아닌 일이었지만 하인들에게는 아니었다.

더구나 같은 하인 신분인 탁윤이 비록 삼류의 수준이라고 하나 무공을 익히고, 심지어 매일 쌈박질을 하는 잡배들을 쓰러뜨렸기에 충격은 더욱 컸다.

그것도 일대일이 아니라 혼자서 다섯을 쓰러뜨렸기에 탁윤의 소식은 순식간에 하인들 사이에 퍼졌다.

"석진호 공자님의 눈에 들면 우리도 무인이 될 수 있어."

"그야말로 인생 역전을 할 수 있단 말이지!"

"우리라고 언제까지 하인으로 살 이유는 없잖아? 이류 무공만 얻어도 표국의 표사로 취직할 수 있어. 쟁자수는 바로 건너뛰고 말이야."

"어쩌면 일류 무사 될 수 있을지도 모르지. 호가 무사들처럼 말이야."

소년들이 몽롱한 표정을 지었다.

무림 고수가 되어 강호를 질타하는 자신들의 모습을 떠올리는 것이었다.

그리고 그건 주변을 기웃거리는 이들 모두가 마찬가지였다.

"탁윤아."

"예, 형."

"정말 안 되겠어? 내가 이렇게 부탁해도?"

"그게요…….

탁윤이 난감한 표정을 지었다.

모르는 사이도 아니고 제법 친분이 깊은 정마륭이 간절하게 부탁하자 단칼에 거절할 수가 없어서였다.

차라리 얼굴만 아는 사이였다면 매몰차게 거절했을 텐데 정마륭은 친구 하나 없을 때 그를 챙겨 주던 형이었다.

그렇기에 탁윤은 난감한 얼굴로 말끝만 흐렸다.

"내가 무리한 부탁을 하는 게 아니잖아. 그냥 슬쩍, 지나가는 식으로라도 슬그머니 말을 꺼내 주면 안 되겠냐는 거지. 우리가 보통 사이는 아니잖아. 그리고 내가 빈손으로 왔을 거 같아?"

"어, 어! 이건 받을 수 없어요."

다짜고짜 잡은 손에서 느껴지는 익숙한 감촉에 탁윤이 대경한 얼굴로 큼지막한 얼굴을 저었다.

큰 금액은 아니겠지만 그렇다고 해서 받을 수는 없었다.

세상에 공짜는 없다는 사실을 모를 정도로 어리지는 않아서였다.

"부탁할게. 제발 한 번만 말을 전해 주면 안 될까? 윤이 너는 알고 있잖아, 내 오랜 꿈이 무엇인지."

武人還生
무인환생

"……알죠."

"나에게 시간이 없다는 것도 알잖아. 더구나 석진호 공자님은 구 개월 뒤면 열여덟 살이 되시고. 이제는 진짜 시간이 없어."

한사코 거절하는 탁윤의 손을 붙잡은 채 정마륭이 금방이라도 울 법한 얼굴로 말했다.

이제 그에게 믿을 것이라고는 석진호밖에 없었다.

더구나 석진호는 짧은 시간에 탁윤을 무인으로 탈바꿈시켰다.

그것도 그보다 한 살밖에 어리지 않은 탁윤을 말이다.

"형도 아시겠지만 저는 그만한 능력이 없어요."

"알지. 그래도 운은 넌지시 띄워 볼 수 있잖아. 피만 안 섞였지 너와 공자님은 형제나 마찬가지잖아. 어려서부터 같이 자랐으니까. 그런 네가 말하면 자리 한번 정도는 만들어지지 않을까?"

정마륭의 목소리가 심하게 떨렸다.

무인이 되고 싶다는 꿈을 꾸기 시작했을 때부터 그는 하북성에 존재하는 모든 표국을 돌아다녔다.

규모가 큰 표국의 경우 쟁자수에게도 기본 무공을 전수해 주는 경우가 있어서였다.

그러나 정마륭은 안타깝게도 그와 같은 표국에는 들어갈 수 없었고, 그저 그런 곳들을 전전하다가 석가장에 들어왔다.

하지만 그럼에도 그는 꿈을 포기하지 않았다.

석가장에는 나름 실력이 뛰어난 호가 무사와 직계들을 보호하는 호위 무사들이 있기에 그들의 눈에 들고자 했던 것이다.

하나 결과는 지금 보이는 그대로였다.

"으음!"

"이번이 마지막이야. 이번에도 안되면 진짜 포기하려고. 이제는 나이도 많으니까."

그는 결코 허송세월을 보내지 않았다.

누구보다 열심히 살았다고 자부할 수 있었다.

다만 재능이 없었을 뿐이다.

그리고 뛰어난 무공을 익히지 못했을 뿐이지 그는 삼재기공, 삼재검법, 삼재보법은 벌써 오 년 가까이 익히고 있었다.

"말은 해 볼게요. 그런데 너무 기대하지는 마세요. 공자님 성격, 형도 아실 거예요."

"고맙다! 정말 고마워!"

정마룡이 얼굴 가득 감격한 표정을 지었다.

이것만 해도 그에게는 정말 큰 기회라는 걸 알아서였다.

순박하고 정이 많은 탁윤이지만 그렇다고 해서 마냥 착하지만은 않았다.

특히 기억력이 좋아 어려서부터 그를 미워하거나 차별한

武人還生
무인환생

이들을 똑똑히 기억하고 있어, 이렇게 석진호의 처소 안까지 들어오는 이들은 손에 꼽을 지경이었다.

"아직 기뻐하시기에는 일러요."

"말을 해 준다는 게 어디인데. 그것도 안 돼서 밖에 기웃거리는 애들이 수두룩해. 너도 알지?"

"모를 수가 없지요."

탁윤이 고개를 끄덕였다.

하루가 멀다 하고 그를 붙잡고서 하소연을 하니 모를 수가 없었다.

오히려 정마룡은 양반인 수준이었다.

"뭐가 이렇게 시끄러워?"

"공자님."

"애들 때문에 너무 방해받는 거 아냐?"

수련을 하다 나왔는지 옷이 전부 땀에 젖은 석진호가 눈살을 찌푸리며 말했다.

그런데 단지 얼굴을 찡그린 것뿐인데도 정마룡은 오금이 저리는 느낌을 받았다.

심령 자체가 뒤흔들리는 느낌이랄까.

포식자 앞에 선 피식자가 된 느낌에 정마룡은 자기도 모르게 마른침을 삼켰다.

"그 정도는 아니에요."

"싹 다 내쫓아 버려. 이제 그 정도는 할 수 있잖아? 뭐라고 지껄이면 내 이름 팔아. 이제 그 정도는 해도 되니까.”

“헤헤헤.”

자신감이 넘치다 못해 흘러내리는 석진호의 모습에 탁윤이 헤벌쭉 웃었다.

남들은 거만하다고 말할지 모르겠지만 그에게는 너무나 멋있어 보였다.

능히 저 말대로 해도 될 능력도 갖추고 있었고 말이다.

“고, 공자님!”

“뭐야, 넌?”

“소인은 정마룡이라고 합니다!”

석진호의 시선이 탁윤에게 향하자 묘한 압박감이 느슨해졌다.

그리고 정마룡은 그 틈을 놓치지 않았다.

지금이 바로 그토록 기다리고 기다리던 기회라는 걸 알았기에 정마룡은 석진호의 앞에 넙죽 엎드렸다.

“정마룡?”

“예! 내원에서 주로 일하기에 공자님과 마주친 적은 별로 없을 것입니다.”

“그런 것 같군. 내 기억에 없는 걸 보니.”

“앞으로 차차 익숙해지면 되지 않겠습니까, 하하!”

정마룡이 넉살 좋게 웃었다.

하지만 오체투지에 가까운 자세로 환하게 웃자 아첨하는

武人還生
무인환생

환관으로밖에 보이지 않았다.

근데 웃긴 건 그 모습이 꽤나 잘 어울린다는 점이었다.

"넉살은 좋군. 탁윤과도 사이가 좋은 모양이고."

"호형호제하는 사이입니다!"

"그렇지 않았으면 여기까지 들어오지 못했겠지."

"맞습니다!"

정마륭이 우렁차게 대답했다.

그에게 있어 석진호는 마지막 동아줄이었다.

만약 석진호에게도 선택받지 못한다면 그의 인생은 잘해야 중소 표국의 삼급 표사가 한계일 터였다.

"목적은 무공인가?"

"예!"

"보기와 달리 솔직한데?"

"다 아시는데 굳이 돌려서 대답할 필요는 없다고 생각했습니다. 자고로 음흉한 사람은 믿기 힘든 법이지 않습니까?"

"그러니 너는 믿을 수 있는 사람이다?"

석진호가 피식 웃었다.

말을 참 웃기게 하는 것 같아서였다.

하지만 화술도 능력이라면 능력이었다.

게다가 탁윤과 호형호제할 정도라면 인성도 나쁘지만은 않을 터였다.

'어릴 때 차별을 하도 당해서 친한 사람이 거의 없는데도

불구하고 저런 얼굴을 하고 있다는 건 적어도 오랫동안 믿음을 주었다는 뜻이겠지.'

석진호의 시선이 안절부절못하고 있는 탁윤에게 향했다.

분명 할 말이 있는데 못 하는 게 분명했다.

"적어도 신의는 지킬 줄 아는 남자입니다!"

"인간관계에서 그건 꽤나 중요하지. 근데 탁윤은 몰라도 나는 너에 대해서 아는 게 없어. 더구나 가장 중요한 건 내가 널 알아야 하는 이유도 없지."

"지당하신 말씀입니다. 당연히 공자님께서 저에게 일부러 시간을 할애하실 필요는 없습죠. 그러니 보여 드리겠습니다. 탁윤이가 있지만 그래도 수족은 많을수록 좋지 않겠습니까? 윤이가 하지 못하는 것을 제가 할 수 있다는 걸 보여 드리겠습니다."

"흐음."

머리를 조아리며 소리치는 말에 석진호가 흥미 어린 표정을 지었다.

확실히 틀린 말은 아니었다.

게다가 탁윤은 수족이라기보다는 가족이었다.

그런 의미에서 정마륭의 말은 그에게 흥미를 이끌어 냈다.

"너 말이야."

"예, 공자님!"

정마륭이 조심스럽게 고개를 들었다.

武人還生
무인환생

아직까지 문전 박대를 당하지 않았기에 그는 혹시나 하는 기대감 어린 눈빛으로 석진호를 올려다봤다.

"스스로에게 재능이 없다는 거, 알고 있어?"

"……예."

정마룡이 얼굴 가득 시무룩한 표정을 지었다.

그런데 신기한 것은 석진호의 말을 곧이곧대로 믿는다는 점이었다.

자신보다 한 살이나 어린 석진호의 평가를 말이다.

"그런데도 무공을 익히고 싶어?"

"예. 제가 처음으로 품은 꿈이니까요."

"무인이라는 게 네가 본 것처럼 그렇게 화려하거나 좋지만은 않아. 협객? 말이 좋아 협객이지 오지랖꾼이야. 게다가 제대로 된 협객은 없지. 그저 협객이라는 명예가 필요한 놈들만 있을 뿐."

석진호가 냉소를 흘렸다.

수많은 생을 살면서 진짜 협객이라고 말할 만한 이는 딱 세 번 만났을 뿐이었다.

그 외에는 다 위선자들이었다.

아니면 만들어진 협객이었거나.

"하지만 반대로 말하면 그렇기에 가치가 있지 않겠습니까. 아, 물론 제가 협객이 되겠다는 것은 아닙니다. 그저 무인이 되어 자유롭게, 하고 싶은 말을 하며 살고 싶어서입니다. 그렇다고 해서 무공의 무거움을 모르는 게 아닙니다. 언제 어디서든 죽을 수 있다는 것도 압니다."

"거기에 한 가지 더 더하자면 무인이 된다고 해서 달라지는 것은 없어. 그저 사는 세계가 달라질 뿐 똑같이 약육강식의 세계다. 약하면 잡아먹히고 부림을 당하는."

"제가 직접 겪어 보지는 못하지 않았습니까. 그리고 꿈은 이유가 있어서 꾸는 게 아니라고 생각합니다."

정마룡이 초롱초롱한 눈으로 대답했다.

조금의 흔들림도 없는 눈빛으로 말이다.

그 모습에서 석진호는 아주 오래전 기억이 떠올랐다.

"뭐, 좋아. 지켜보지."

"예?"

"네가 하는 걸 지켜보겠다고."

"아!"

정마룡의 두 눈이 더 이상 커지기 힘들 정도로 커졌다.

설마하니 이렇게 쉽게 허락을 받을 줄은 몰라서였다.

"착각하는 거 같은데, 받아들인 게 아냐. 어떻게 할지 지켜보겠다는 거지."

"아…….."

정마룡의 얼굴이 순식간에 어두워졌다.

자신이 말귀를 잘못 알아들었음을 이해한 것이다.

"그래도 기회는 주신 것이잖아요."

武人還生
무인환생

"뭐, 그런 셈이지."

시기적절하게 입을 여는 탁윤을 향해 석진호가 무덤덤하게 대답했다.

하지만 그 말에 탁윤은 오히려 웃었다.

"들어와도 된다는 뜻이에요, 마룡 형."

"지, 진짜?"

"집 안은 안 돼."

다시 기뻐하는 정마룡을 향해 석진호가 정색하듯 말했다.

그가 허락한 것은 딱 앞마당까지였다.

집안과 뒷마당은 불허했다.

"가, 감사합니다! 절대 실망시켜 드리지 않겠습니다!"

"알아서 해."

연신 이마를 땅에 박는 정마룡에게 석진호는 건성으로 대답하며 몸을 돌렸다.

여기까지 온 것도 앞마당에 외부인의 기척이 느껴져서 온 거지 다른 이유가 있어서가 아니었다.

"앞으로 견마지로를 다하겠습니다!"

등만 보이고 있었음에도 정마룡은 우렁차게 소리쳤다.

일단 가장 큰 산, 첫 번째 언덕은 넘은 것 같아서였다.

적어도 시작은 했다고 봐도 좋았기에 정마룡의 얼굴은 밝았다.

"잘됐어요, 형."

“다 네 덕분이다.”

“제가 뭐 한 게 있나요. 다 형의 운이죠. 공자님이 딱 시기 적절하게 나오셨으니까요.”

“네가 안 들여보내 줬으면 가능키나 했겠어?”

정마룡이 헤벌쭉 웃으며 말했다.

자신은 아무것도 안 했다고 했지만 그의 생각은 달랐다.

탁윤이 아니었다면 이런 기회가 생기지도 않았을 터였다.

“고맙다, 정말 고마워.”

“이제 시작이라는 거 아시죠?”

“물론이지. 원래부터 마지막이라고 생각하고 왔지만 이제 는 죽어라 해 볼 생각이야.”

정마룡이 눈을 번뜩였다.

재능이 없다는 이유로 포기하기에는 그가 가진 열정이 너 무 뜨거웠다.

그리고 그런 말도 있지 않은가.

끊임없는 노력으로 재능을 뛰어넘을 수 있다고.

‘후회는 해 보고 나서 해도 늦지 않아.’

넘을 수 없는 벽이 있다면 그걸 확인하고 포기해도 늦지 않는다고 생각했다.

그렇기에 정마룡은 이 기회를 무조건 잡을 생각이었다.

“말하는 걸 보니 잘 풀린 모양인데?”

“마룡이 형이 합격했다고? 정말?”

"그 형 재능이 눈곱만큼도 없다고 하지 않았어?"

"호가 무사들도 고개를 절레절레 저을 정도로 볼품없다고 했었는데."

워낙에 크게 소리쳐서 그런지 처소 주변에서 웅성거림이 끊임없이 흘러나왔다.

개중에는 아예 담벼락 위로 고개를 들이미는 녀석들도 있었다.

흘러가는 상황이 궁금했기에 직접 보려고 했던 것이다.

"말도 안 돼. 그럴 리가 없어."

"어째서 마릉이 형에게?"

"아, 이럴 줄 알았으면 나도 탁윤 형이랑 친하게 지낼걸……."

"이제 와서 후회한들 늦었어. 제길."

"우리라고 뭐 이렇게 될 줄 알았나."

소곤거리는 말이었지만 담은 그리 두껍지 않았기에 하인들이 하는 대화는 전부 다 들렸다.

다른 건 몰라도 귀가 밝은 정마릉이었기에 희미하게나마 들었던 것이다.

"뭐야? 왜 여기에 몰려 있어?"

"아, 안녕하세요!"

그때 방문객이 나타났다.

허리춤에 도를 찬 무사가 냉막한 얼굴로 월동문 근처로 다가왔던 것이다.

"저희는 이만 물러나 보겠습니다!"

"뭐지?"

무사의 등장에 하인들이 사방으로 흩어졌다.

그 모습에 무사가 미간을 좁혔다.

십 대 초반부터 후반의 하인들이 한곳에 모여 있었다는 게 의아했던 것이다.

그것도 평소에는 날파리만 날리는 석진호의 처소에 말이다.

"누구신지요?"

"석진호 공자님을 찾아왔다. 안에 계시느냐?"

탁윤이 모습을 드러내자 무사가 대뜸 본론부터 꺼냈다.

하지만 그 말에도 탁윤은 감히 따지지 못했다.

딱 봐도 호위 무사 중 한 명으로 보여서였다.

"안에 계시긴 합니다만……."

"이걸 전하거라. 석미롱 아가씨께서 직접 쓴 서찰이다."

"석미롱 아가씨요?"

반문했던 탁윤이 고개를 푹 숙였다.

차가운 호위 무사의 시선에 저절로 반응한 것이었다.

"네가 할 일은 내게 묻는 게 아니라 아가씨의 서찰을 전달하는 거다."

"아, 알겠습니다."

서슬 퍼런 눈빛에 탁윤이 더 이상 묻지 않고 몸을 돌렸다.

그러자 정마룡만 남았다.

"넌 뭐 하느냐?"

"아, 예. 지금 막 나가려고 했습니다. 그럼."

자신에게 향하는 시선에 정마룡이 고개를 꾸벅 숙인 후 처소를 벗어났다.

하지만 돌아서는 그의 두 눈은 뜨겁게 타오르고 있었다.

반드시 석진호의 휘하에 들어 고수가 되겠다고 말이다.

그리고 그때가 되면 절대 하인들이라고 해서, 신분이 낮다고 해서 무시하거나 괄시하지 않을 것이다.

'내가 생각하는 무림 고수는 절대 저런 녀석들이 아니니까.'

호위 무사라고 하지만 그래 봤자 일류 무사 정도의 수준이었다.

강호 전체에서 보면 결코 고수라고 할 수 없는.

그런데도 마치 자신들이 대단한 고수라도 되는 양 거들먹거리는 게 정마룡은 마음에 들지 않았다.

더구나 몇몇이기는 하지만 하녀들을 추행하는 이들도 있었다.

꾸욱!

석가장이라고 해서 다를 거라 생각했지만 안타깝게도 사람 사는 곳은 다 비슷비슷했다.

비율이 조금 다를 뿐이었기에 정마룡은 주먹을 움켜쥐며 발걸음을 옮겼다.

　"요즘에 이상하게 찾아오는 이들이 많네. 정작 나는 부른 적이 없는데."
　탁윤이 가져온 서찰을 흔들며 석진호가 모습을 드러냈다.
　여전히 땀에 젖은 모습이었는데 그걸 본 호위 무사의 동공이 흔들렸다.
　석진호와 눈이 마주친 순간 몸이 순간적으로 경직되는 걸 느껴서였다.
　그리고 경험상 이것이 말해 주는 것은 한 가지였다.
　'나보다 강하다고?'
　비록 높은 직위는 아니라고 하나 그렇다 하더라도 그는 일류 무인이었다.
　표국을 가더라도 능히 일급 표사 자리를 차지할 수 있는.
　한데 그런 그가 석진호를 마주하는 순간 몸이 굳어졌다.
　"갑자기 찾아와서 미안하군."
　"군?"
　석진호가 피식 웃었다.
　누이인 석미룡에게는 더할 나위 없이 깍듯하게 대할 녀석

武人還生
무인환생

이 자신에게는 말을 놓자 어이가 없었던 것이다.

그렇다고 연회장에서 만났던 호가 무사도 아닌데 말이다.

"무례한 건 오히려 네 쪽인 거 같은데."

"그래도 주인을 섬기는 개새끼라는 건가."

"뭐?"

호위 무사가 어처구니없다는 표정을 지었다.

고작해야 서출 따위가, 그것도 대가리에 피도 안 마른 놈이 하대를 하자 기분이 언짢아졌던 것이다.

하지만 그런 호위 무사의 모습에 석진호는 조소를 머금었다.

스스슥!

그와 동시에 석진호의 신형이 움직였다.

주제도 모르고 이를 드러낸 개새끼에게 현실을 알려 주기 위해서였다.

"이 새끼가!"

하지만 호위 무사도 가만히 당하고만 있지는 않았다.

오히려 잘 걸렸다는 듯한 얼굴로 주먹을 쥐고서 강하게 휘둘렀다.

이참에 천둥벌거숭이처럼 날뛰는 석진호를 손봐 주려는 것이었다.

그러나 그의 주먹은 빈 허공을 갈랐다.

퍼억!

대신 품 안으로 파고든 석진호의 손바닥은 정확히 그의 따귀를 날렸다.

그뿐만 아니라 반대쪽 손이 그의 몸 곳곳을 찔렀다.

호위 무사의 진기가 원활히 흐르지 않도록 기맥 곳곳을 막은 것이었다.

"이 정도는 되어야 정당하지. 아, 물론 정당하지 않아도 크게 상관은 없지만."

석진호가 이죽거렸다.

그리고 그 도발에 호위 무사는 그대로 넘어갔다.

자신의 몸에 생긴 변화를 느끼지도 못하고 말이다.

"이게 무슨……!"

뒤늦게 단전의 진기가 꼼짝도 하지 않는다는 사실을 깨달은 호위 무사가 주먹을 뻗다 말고 황당한 표정을 지을 때 석진호의 양손이 벼락처럼 움직였다.

멈칫거리는 호위 무사의 전신을 잔인할 정도로 두들겼던 것이다.

"커헉!"

한번 잡은 기회를 절대 놓치지 않겠다는 듯이 석진호는 쉴 새 없이 몰아붙였다.

마치 노련한 중견 고수처럼 조금의 틈도 주지 않고 호위 무사를 난타했다.

털썩!

무인환생

반 각이 채 되기도 전에 정신을 잃은 호위 무사가 바닥으로 쓰러졌다.

사람을 패고 죽이는 데 이골이 난 석진호답게 짧고 굵게 폭력을 끝냈던 것이다.

물론 봉쇄한 기맥을 풀어 주지 않는 건 덤이었다.

"별것도 아닌데 허세는 더럽게 잡아. 그것도 내 집에서."

툭.

석진호가 서찰을 펼치지도 않고서 호위 무사의 가슴팍에 던졌다.

자신의 처소에 와서 하는 꼬락서니를 보니 서찰을 읽을 마음이 전혀 생기지 않아서였다.

더구나 탁윤을 무시했던 것 역시 마음에 들지 않았다.

"고, 공자님?"

"괜찮아. 비록 서출이기는 하지만 나 역시 장주님의 핏줄이다. 고작 호위 무사 하나 때문에 뭐라 하지는 못해. 먼저 무례를 범한 건 저놈이니까. 그리고 원래 아쉬운 쪽이 이해하고 받아들이기 마련이야."

"그, 그런 건가요?"

"응. 그보다 윤이 너 좀 더 노력해야겠다. 이딴 녀석들은 아예 발도 붙이지 못하게. 천극철갑공이 사 성에 오르면 제압하는 게 그리 어렵지는 않을 거야. 이런 녀석들은 내공만 많지 허접이거든."

사량발천근(四兩拔千斤) 같은 기술은 쓸 필요도 없었다.

지닌 힘의 차이가 현격하면 모를까 고작 일류 무인 정도는 지금 품고 있는 공력만으로도 충분했다.

게다가 하루가 다르게 그의 공력은 깊어지고 있는 중이기도 했고 말이다.

"사 성요? 이제 막 일 성을 이루었는데……."

"앞으로는 속도가 좀 붙을 거야. 칠 성까지는 무난하고 진짜는 팔 성부터지. 그때는 단순히 단련하는 것으로 성취가 오르지 않으니까. 하지만 칠 성만 이뤄도 웬만한 검기나 도기는 버텨 낼 수 있으니까."

"검기요?"

탁윤이 큼지막한 눈을 끔뻑거렸다.

태어나서 한 번도 본 적이 없기에 막연하기만 했던 것이다.

"곧 볼 수 있을 거야. 네 수련은 내가 도와주기도 해야 하니까."

"헤헤헤."

갑자기 전신에 돋는 소름에 탁윤이 어색하게 웃었다.

그러나 두 눈동자는 격렬하게 흔들리고 있었다.

"이놈은 내다 버리고. 안 오면 알아서 찾아가겠지."

"죽은 건 아니죠?"

"죽을 정도로 아프기는 했을 거야. 한동안은 공력을 못 움

武人還生
무인환생

직이니 죽을 맛이기도 하겠지. 후후!"

사악한 미소를 짓는 석진호의 모습에 탁윤이 안쓰러운 표
정을 지었다.

싸가지는 없었지만 그래도 인간적으로 동정이 일었던 것
이다.

"근데 서찰은 안 읽어 보셔도 돼요?"

"말했잖아, 아쉬운 사람이 움직이게 되어 있다니까. 그리고
저놈 때문에 머리가 아파서 글자가 눈에 안 들어올 거 같아."

누가 들어도 변명이었지만 그렇다고 탁윤은 따지지 않았
다.

그저 시키는 대로 호위 무사를 번쩍 들어 월동문 밖에 내
려놓았다.

석진호는 버리라고 했지만 차마 그러지는 못하고 잘 보이
는 곳에 조심히 눕혀 놓았다.

또르륵.

방 곳곳에 놓인 화분으로 인해 짙은 꽃향기가 실내를 가득
채웠다.

지금 따르는 차향이 묻힐 정도의 꽃향기에 석진호는 자기
도 모르게 미간을 좁혔다.

"표정이 왜 그래?"

"꽃향기에 질식할 거 같아서요."

"이 정도 가지고 뭘 그래."

석진호에게 차를 따라 주던 석미룡이 피식 웃더니 창문을 열었다.

그러자 거짓말처럼 상쾌한 공기가 방 안으로 들어왔다.

"이제 좀 살 것 같네."

"그럼 이제 나 좀 살려 줘. 왜 그렇게 과격하게 대응한 거야?"

"애가 싸가지가 없어서요. 예의를 밥 말아 먹은 놈에게는 매가 약이지요."

"얘기는 대충 들었어. 근데 그래도 좀 심했어."

새하얀 피부가 인상적인 석미룡이 석진호를 지그시 쳐다보며 말했다.

아무리 무례하게 굴었다고 하나 그래도 손 속이 과한 것 같아서였다.

"그래야 다시는 안 그러지 않겠습니까. 다른 이들도 절 찾아올 때 한 번쯤은 생각을 하게 될 테고."

"정말 많이 변했구나."

"안 변했으면 그때 죽었을 겁니다. 장례식 때 자리를 지켜 준 사람은 단둘뿐이었을 테고요."

단호하게 말하는 석진호를 석미룡이 지그시 쳐다봤다.

무인환생

역시 예상했던 대로 단순히 두들겨 팬 게 아니라는 걸 확인했기에 그녀는 묘한 미소를 머금었다.

"다 컸네, 우리 진호."

"언제부터 제가 우리 진호가 되었는지 모르겠네요."

"너무 냉정하게 선 긋는 것 아니니? 그래도 내가 누나인데."

"누나지만 누나가 아니기도 하죠."

석진호는 분명하게 선을 그었다.

같은 부친을 두고 있고 같은 성씨를 쓰지만 둘 사이에는 넘을 수 없는 선이 있었다.

그걸 석진호는 확실하게 밝혔다.

"네 말도 맞아. 하지만 그렇기에 더욱더 좋지 않을까? 요즘에 네가 무공을 익히고 있다는 말은 들었어. 재능도 대단하다고. 화산과 종남을 홀릴 정도니 분명 평범한 수준은 아니겠지."

"먼저 익힌 무맥이 있어서 거절한 것뿐입니다. 특별히 제가 뛰어나서는 아닙니다."

"거짓말. 화산파와 종남파보다 더 가능성이 있기에 두 장로의 제안을 거절한 거 아냐?"

석미롱이 씨익 웃으며 말했다.

그런 이유가 아니라면 다른 곳도 아니고 구대문파에 속해 있는 두 곳의 제안을 거절할 수가 없었다.

그리고 이건 합리적인 의심이었다.

"아무것도 모르는 아이의 호기일 수도 있지요."

"무의미한 농담은 그만하자. 서로 시간 낭비니까."

"그건 좋네요."

"단도직입적으로 말할게. 나를 도와줘, 내가 석가장의 주인이 될 수 있게."

석미룡이 뜨거운 눈으로 석진호를 바라보며 말했다.

그런 그녀의 두 눈에는 야망이 활활 불타오르고 있었다.

"거절하겠습니다."

"뭐? 설마 오빠들에게도 제안을 받은 거야?"

석미룡의 눈초리가 매서워졌다.

그게 아니라면 이렇게 단칼에 거절할 이유가 없다고 생각해서였다.

"아뇨. 두 사람과는 만난 적 없습니다. 따로 연락이 온 것도 없고요."

"그런데 왜? 아, 기다리고 있는 거야?"

"전 세 분 다 관심 없습니다."

"……."

석미룡의 표정이 복잡해졌다.

무슨 생각을 하고 있는지 알 수가 없어서였다.

"그러니 걱정은 안 해도 됩니다."

"왜 그런 결정을 내렸는지 말해 줄 수 있어?"

武人還生
무인환생

"제 뜻은 석가장에 없어서 말이죠."

"강호로 나가려고? 하지만 굳이 장원을 벗어날 이유가 있을까? 나와 함께해도 네 목표를 이룰 수 있어. 오히려 내가 전폭적인 지원을 해 준다면 시간을 빠르게 단축시킬 수 있고. 잘 생각해 봐. 석가장의 주인이 된 내가 금력을, 그리고 네가 무력을 담당하면 본가는 상계와 무림에 커다란 영향력을 발휘할 수 있어. 네가 생각하는 것보다 훨씬 더 크게."

석미룡이 뜨겁게 타오르는 눈빛으로 말했다.

그 누구라도 감화시킬 법한 눈빛으로 석진호를 뚫어져라 직시했던 것이다.

"하지만 그건 아가씨와 석가장에게만 좋은 일이지요."

"너에게도 좋은 일이야. 네 뿌리가 이곳이고 네 뒤에 석가장이 있다는 뜻이니까. 더구나 지금의 너에게는 든든한 배후가 필요해. 아니야?"

"예."

찻잔을 든 채로 석진호가 빙긋 웃었다.

그 자신만만한 미소에 석미룡이 순간적으로 멍한 표정을 지었다.

이유는 알 수 없지만 왠지 모르게 사실처럼 느껴졌던 것이다.

거기다 오전에 들었던 보고가 갑자기 떠올랐다.

'반년도 채 되지 않아 일류 무사를 때려잡았지. 그것도 상

처 하나 없이. 심지어 기맥을 뒤틀어 버리는 기술도 가지고 있다고 했던가.'

서출이기는 하지만 석가장주의 아들이자 그녀의 손아래 동생이었다.

그런 만큼 호위 무사가 전력을 다하기는 힘들었을 터였다.

더구나 무공에 입문한 지 얼마 되지 않았기에 방심도 했을 테고.

하지만 중요한 건 아무리 방심했다고 하더라도 일류 무인을 혼자서, 그것도 상처 없이 제압했다는 점이었다.

'괜히 천재가 아니라는 건가.'

석미룡이 입술을 깨물었다.

화산파와 종남파의 장로들이 노릴 때부터 느끼기는 했었다.

아니, 알 수밖에 없었다.

보통의 재능에 구대문파의 장로씩이나 되는 이들이 매달릴 리 만무했으니까.

'지금도 이 정도인데 내년에는? 그리고 십 년 후에는?'

당장이야 폭발적으로 성장한다지만 언젠가는 정체될 것이었다.

또한 천재성이 십 년 후에도 계속될 거라는 보장은 없었다.

세상을 살다 보면 변수가 수도 없이 닥치기도 했고.

무인환생

그러나 중요한 것은 가능성이었다.

'놓칠 수는 없어. 가뜩이나 오빠들에 비해 세력도 부족한데.'

석미룡의 머리가 빠른 속도로 회전했다.

이미 석가장 내의 인재라는 인재는 두 오빠가 대부분 거둬들인 상태였다.

그렇기에 가장 먼저 발 빠르게 움직인 것이었고.

"제가 없어도 아가씨는 잘해 내실 겁니다."

"입에 발린 소리 하고 있네. 그런 말은 누구나 다 할 수 있어."

"할 수 없는 사람도 꽤 많습니다. 아가씨의 말에 무조건 옳다고 하는 이들이 있을 텐데요."

"……귀신같네, 진짜. 만약 유모가 아니었다면 다른 영혼이 들어왔다고 해도 믿겠어."

석미룡이 질린 표정을 지었다.

동시에 이상하게 말리는 느낌이 들었다.

적어도 말발로 어디 가서 밀린 적이 없는데 말이다.

"영혼이 있다는 걸 증명할 수 있는 방법은 없죠. 사술과 환술을 익히는 사파인들조차 제대로 증명하지 못하는 마당에."

"말이 그렇다고. 근데 왜 자꾸 아가씨라 그러는 거야? 서운하게. 어릴 적에는 곧잘 누나라고 했잖아."

"적자와 서출의 간극이 지엄한데 어찌 누나라고 말할 수 있겠습니까. 더구나 이제 저는 곧 나이가 다 차지 않습니까."

"되도 않는 어른인 척은."

입술을 삐죽 내밀며 석미룡이 툴툴거렸다.

뒤늦게 키가 자란 것인지 이제는 장정이라고 해도 과언이 아닌 체격이 되었지만 그래도 얼굴에는 아직 앳된 티가 남아 있었다.

그래서 그녀는 못마땅한 눈으로 석진호를 흘겨봤다.

"나이가 찼다고 어른인가요. 어른처럼 생각하고 행동해야 어른인 법이지요."

"그래서 오전에 그렇게 두들겨 팼어?"

"아무에게나 이를 드러낸 개새끼에게는 매가 약이니까요."

"누나 앞에서 개새끼가 뭐야, 개새끼가."

석미룡의 말에도 석진호는 어깨를 으쓱거렸다.

그보다 더 잘 어울리는 표현은 생각나지 않아서였다.

"우리 툭 까놓고 얘기하자. 너 나가서 뭐 할 거야?"

"일단은 수련을 좀 해야겠지요."

"먹고사는 일에 돈이 은근히 많이 들어간다는 거 알고 있지?"

"그 정도는 충분히 감당할 수 있습니다. 이미 상당 부분은 자급자족하고 있기도 하고."

조금도 걱정할 필요 없다는 듯이 석진호가 말했다.

부양해야 할 사람이 둘에, 어쩌면 하나가 더 늘지도 몰랐

武人還生
무인환생

지만 셋 정도는 얼마든지 감당할 수 있었다.

쟁자수, 표사, 낭인, 병사 등등 안 해 본 일이 없기도 했고 말이다.

"그러지 말고 여기에 머물면서 나를 도와줘. 딱 십 년 만. 어때? 이 정도면 너에게도 나쁘지 않은 제안이라고 생각하는데. 집 나가면 개고생이라는 말이 괜히 있는 게 아냐."

"죄송합니다."

"하아."

얄미울 정도로 단호하게 거절하는 석진호의 모습에 석미룡은 한숨이 나왔다.

그런데 신기한 건 오기가 자꾸만 생긴다는 점이었다.

석진호는 아직 딱히 보여 준 게 없는데 말이다.

"그럼 부탁 하나만 하자."

"말씀하시죠."

"지금처럼 가끔 차는 한잔할 수 있지? 너도 알다시피 내가 친하게 지내는 형제가 없잖아. 여자애들이야 많지만 어차피 그 여자들은 출가외인이고."

"싸가지없는 놈을 보내지만 않으신다면야."

"좋아. 약속한 거다?"

고개를 끄덕이는 석진호의 모습에 석미룡이 의미심장한 미소를 지었다.

포기한 척 행동했지만 아직 그녀는 포기하지 않았다.

다른 분야도 마찬가지겠지만 집요함은 상인에게도 반드시 필요한 덕목이었다.

이른 아침부터 앞마당이 부산스러웠다.

며칠 전에 석진호가 소하정과 탁윤에게 통보한 날이 바로 오늘이었기 때문이다.

그래서인지 소하정은 아침부터 온갖 부산을 떨었다.

"꼭 가셔야 해요?"

"우리를 위해서는 가야 한다니까."

"저를 위해서 안 가시면 안 돼요?"

"그럴 수는 없어."

금방이라도 눈물을 흘릴 것처럼 그렁그렁한 눈빛을 소하정이 보내왔지만 석진호는 고개를 저었다.

그가 생각하기에 지금이 딱 적당한 시기였기에 반드시 가야 했다.

"하면 윤이라도 데려가세요. 저는 혼자서도 지낼 수 있으니까요."

"윤이를 데려가면 일정이 최소 두 배는 늦춰져. 그럴 바에는 나 혼자 다녀오는 게 더 나아. 그리고 윤이는 이곳에서 할 일도 있고."

"고, 공자님~!"

석진호의 말이 끝나기 무섭게 담벼락 너머에서 익숙한 목소리가 들려왔다.

며칠 동안 갖은 노력 끝에 석진호의 허락을 받은 정마룡이 헐레벌떡 달려오는 소리였다.

"너는?"

"하하! 오늘부터는 저도 이곳에서 머물기로 했습니다! 공자님께서 직접! 허락하셨지요!"

상당한 크기의 봇짐을 짊어진 모습으로 정마룡이 빙그레 웃으며 말했다.

그러나 소하정은 영 마뜩잖은 표정이었다.

조용한 탁윤과 달리 정마룡은 수다쟁이 저리 가라 할 정도로 말이 많았기에 그녀는 정마룡이 썩 마음에 들지 않았다.

"참고로 얘도 할 일이 있어. 그리고 윤이 혼자보다는 둘이 유모를 도와주는 게 더 낫지 않겠어? 이제는 나이도 있는데."

"저 아직은 팔팔해요, 도련님."

"발끈할 필요까지는 없고. 그런 뜻으로 말한 게 아니니까. 게다가 빠릿빠릿한 애가 하나 있으면 부려 먹기 편하잖아."

"얼마든지 부려 먹어 주십쇼! 시키는 건 다 하겠습니다! 오늘부터는 제가 막내이지 않겠습니까!"

정마룡이 자신의 가슴을 탕탕 두드렸다.

어떤 일이든 뭐든지 하겠다는 기색이었다.

하지만 그 모습에도 소하정은 영 못 믿겠다는 표정을 지었다.

목소리 큰 사람 중에 제대로 된 인물이 없었기에 소하정은 미간을 좁히며 정마룡을 쳐다봤다.

"서열 정리는 알아서 하고."

"동생이지만 윤이를 깍듯하게 대하겠습니다! 어쨌거나 제가 두 번째이니까요."

"말했지만 윤이는 제자가 아냐. 그냥 무공을 알려 주는 거지. 그리고 그건 너도 마찬가지고. 어디서 슬그머니 제자가 되려고 그래?"

"나, 나중에는 가능하지 않을까요?"

정마룡이 머쓱하게 웃으며 말했다.

하지만 석진호는 눈 하나 까딱하지 않았다.

"절정에 오르면 생각해 보지."

"저, 절정!"

말만 들어도 설레는 모양인지 정마룡이 몽롱한 표정을 지었다.

현재의 그에게는 가히 꿈의 경지나 마찬가지였기에 정마룡은 정신을 차리지 못했다.

"마룡이도 있으니 윤이를 데려가는 건 어떠세요? 아무리 그래도 도련님을 모실 사람 하나는 필요할 것 같은데."

"괜찮아. 걱정하지 마. 혼자서 잘할 자신 있으니까. 별일도 없을 테고. 딱 볼일만 보고 올 거야."

"그 볼일을 자세하게 말해 주시지 않잖아요."

"말해도 안 믿을걸. 그러니 그냥 날 믿고 여기서 기다려 주면 돼. 그럼 모든 게 잘 풀릴 테니까."

"에휴."

소하정이 깊은 한숨을 내쉬었다.

괜히 석가의 핏줄이 아니라는 듯이 고집도 정말 쇠고집이 따로 없었다.

"금방 다녀올게."

"산동성에는 산적들도 많다고 하는데……."

"혼자 다녀서 마주칠 일도 없을 거야. 검도 안 가지고 가잖아. 내가 부티 나는 얼굴도 아니고."

석진호가 단출하기 짝이 없는 행낭을 손가락으로 툭툭 건드렸다.

그런데 그마저도 소하정은 마음에 들지 않는 기색이었다.

하루 이틀 다녀오는 일정도 아닌데 짐이 없어도 너무 없는 것 같아서였다.

"그래도……."

"걱정 안 해도 된다니까. 금방 다녀올게. 그동안 유모도 좀 쉬고 있어. 나 챙기느라 힘들었을 텐데. 겸사겸사 선물도 사 올게."

"선물은 괜찮아요. 몸 건강히만 돌아오셔요."

"알았어. 윤아, 마룡아. 유모 잘 부탁한다."

더 있으면 소하정이 울 것 같았기에 석진호는 몸을 반쯤 돌렸다.

　　할 말만 하고서 떠날 작정이었다.

　　"걱정 붙들어 매십시오!"

　　"조심히 다녀오세요."

　　극과 극의 대답에 석진호는 피식 웃으며 월동문을 나섰다.

　　그런데 나선 순간 그의 신형이 빠르게 사라졌다.

제6장 전생의 내가 지금의 나에게 주는 선물

 칠순연을 끝내고도 며칠을 정신없이 보낸 석비강은 문득 생일날 자신을 즐겁게 해 준 손자가 떠올랐다.

 워낙에 찾아온 사람들이 많기도 했고 나름 할 일도 많았었기에 이제야 떠오른 것이었다.

 "황검 밖에 있는가?"

 "예, 태상장주님."

 칠십이라는 나이가 무색할 정도로 카랑카랑한 목소리가 방 안에 울려 퍼지자 문이 열리며 깐깐한 인상의 중년인이 안으로 들어왔다.

 얼굴에 흉터도 많은, 산전수전 다 겪은 전사의 느낌을 물씬 풍기며 방 안에 들어온 중년인은 석비강을 향해 고개를 꾸벅 숙였다.

"이제는 후임에게 일을 넘겨도 된다고 하지 않았나."

"밥값은 해야지요. 그리고 처음 계약할 당시의 내용이기도 하고요."

"쯧쯧! 사람이 융통성이 있어야 하는데."

혀를 차는 것과 달리 석비강은 흡족한 기색을 띠었다.

말은 그렇게 해도 황검이 지켜 주고 있기에 늘 든든해서였다.

물론 석가장 내에 황검보다 강한 무인이 없는 건 아니었다.

하지만 그 누구도 황검보다 신뢰하지는 않았다.

"저도 소일거리 하나 정도는 있어야 하지 않겠습니까."

"더 이상은 무리인가?"

"다 차면 비워야 한다고 해서 하나둘 비우고 있는 중입니다. 이러다가 불현듯 깨달음이 찾아오면 벽을 넘는 것이지요."

"나이도 적지 않은 사람이 욕심이 그리 많아서야."

"태상장주님께서 그런 말을 하실 줄은 몰랐습니다."

냉막한 얼굴로 황검이 피식 웃었다.

다른 이도 아니고 석비강이 이런 말을 할 줄은 꿈에도 몰라서였다.

젊은 시절 그 누구보다 욕심 많고 탐욕이 가득했던 이가

무인환생

바로 눈앞에 있는 석비강이었기에 황검은 얼굴 가득 황당하
다는 표정을 지었다.

"나는 이제 다 내려놓지 않았나. 실권도 아들이 다 가지고
있고."

"다른 사람들은 그렇게 생각 안 하던데 말이지요. 얼마 전
의 칠순연만 보더라도 뭐."

"그거야 장주인 아들 눈치 보느라 그런 거고."

"태상장주님께서 그리 말씀하신다면, 알겠습니다. 그렇게
생각하도록 하겠습니다."

"허허허."

한마디도 지지 않는 황검의 모습에 석비강이 헛웃음을 흘
렸다.

그러나 언짢은 기색은 어디에도 없었다.

하도 오랜 세월을 붙어 있다 보니 이제는 정말 친구처럼
느껴졌기에 그저 웃기만 했다.

"무슨 일로 부르셨습니까?"

"문득 손자 녀석이 떠올라서 말일세."

"손자라 하심은……."

황검이 눈을 깜빡였다.

워낙에 자손이 많기에 누구를 말하는 것인지 감이 잡히질
않아서였다.

"왜, 당돌한 아이 하나 있지 않은가."

"아."

"내가 따로 보자고 해 놓고서 그만 깜빡했지 뭔가."

"이름이 석지호였던가요."

"진호야, 석진호."

석비강이 너털웃음을 터트렸다.

석가촌이라고 해도 될 정도로 석씨가 많은 곳이 이곳이었다.

더구나 자손들이 많으니 헷갈리는 것도 이상하지는 않았다.

"아, 석진호. 들어 봤습니다. 셋째의 호위 무사가 거만을 떨다가 된통 당했다고."

"호위 무사가?"

이런 얘기는 처음 듣는 모양인지 석비강이 두 눈을 동그랗게 떴다.

그 모습이 좀 더 말해 달라는 듯했기에 황검은 자신이 들은 것을 가감 없이 설명했다.

"서출이라고 좀 우습게 본 모양입니다. 일하는 하인도 막 대하고. 그게 언짢았는지 대놓고 두들겼다고 들었습니다. 물론 방심해서 당했을 가능성이 크지만요. 삼류가 일류를 고꾸라뜨리는 게 자주는 없지만 간혹 있는 일이기도 하고."

"방심한 놈이 병신인 게지."

"맞습니다. 자고로 무인이라면 늘 최선을 다하거나, 아니면 그 어떤 상황에도 대비하는 게 맞지요."

"한마디로 맞을 만해서 맞았다는 말이로구먼."

석비강이 히죽 웃었다.

쓸데없이 폭력을 쓴 것도 아니고 명분을 다 챙기면서 싸웠고, 더구나 이기기까지 했다는 말에 그는 아주 흡족했다.

동시에 조금 놀랍기도 했다.

아무리 방심했다고 하나 무공을 익힌 지 얼마 안 된 사람이 일류 무사를 쓰러뜨리는 것은 불가능에 가깝다는 걸 알아서였다.

"호위 무사에게도 좋은 약이 되었을 겁니다. 밖이었으면 죽었을 테니까요."

"당했다고 방방 뛰지는 않던가?"

"오히려 반대입니다. 기가 팍 죽었다고 합니다. 기맥을 봉쇄한 기술로 고생 중이기도 하고요."

"호오."

"저는 그 기술이 더 대단하다고 생각합니다. 점혈과는 다른 수법이지만 더 높은 수준의 기술이거든요."

말하면서도 황검은 감탄하는 기색을 감추지 않았다.

할 수만 있다면 그 비전 수법을 배우고 싶다는 표정에 석비강의 미소가 더욱더 짙어졌다.

"그 정도인가?"

"예. 서서히 풀리기는 했지만 그건 아마도 공력이 부족해서가 아닐까 싶습니다. 저도 정확하게 보지 못해서 확신은 못 하지만요."

"허허허, 그럼 이참에 물어보면 되겠군. 오늘 오후까지는 한가하니까."

"바로 사람을 보내겠습니다."

에둘러 말하는 화법이었지만 황검은 단박에 알아들었다.

수십 년을 함께 지내다 보니 이제는 자연스레 알아듣게 되었던 것이다.

하지만 잠시 후 부하가 전해 오는 소식에 황검은 미간을 좁혔다.

"왜 그러나? 혹시 나도 까인 건가?"

"그게, 사공자가 오늘 아침 일찍 장원을 나갔다고 합니다. 개인적으로 볼일이 있다면서요."

"나갔다고?"

석비강이 눈을 끔뻑였다.

예상조차 못 한 상황에 그조차도 당황한 것이었다.

"예. 목적지도 말하지 않고 나갔다고 합니다. 그런데 행낭까지 챙긴 걸 보면 하루 이틀 안에 돌아올 것 같지는 않답니다."

"허어, 어디를 간 게지? 기껏해야 북경을 돌아다닌 게 전부일 텐데."

"북경이라면 문제가 안 되는데 그 너머라면 좀 위험하니

무인환생

다. 규모는 작지만 산적들이 없는 것은 아니니까요. 게다가 가장 무서운 게 사람이지 않습니까."

"호위 무사는?"

미간을 잔뜩 찌푸린 석비강이 물었다.

아무리 석진호가 일류 무사를 제압할 정도의 실력을 갖추었다고 하지만 세상은 단순히 실력만으로 살아남을 수 없었다.

또한 세상에 석진호보다 강한 이들은 널리고 널렸고.

더구나 향후 석가장을 든든하게 지킬 검이 될지도 모르는 재능이었기에 석비강은 다급한 표정을 지었다.

"혼자 나갔다고 합니다. 보필할 종복도 필요 없다고 하면서요."

"허어!"

석비강의 입에서 결국 장탄식이 흘러나왔다.

동시에 석진호가 무슨 생각으로 홀로 장원을 나섰는지가 궁금했다.

"당장 장원 주변을 찾아보라고 지시했습니다. 아직 북경을 벗어나지는 못했을 테니 곧 소식을 들을 수 있을 것입니다."

"그러면 다행이지만……."

석비강이 말끝을 흐렸다.

왠지 모르게 불길한 느낌이 들어서였다.

"경신술까지 숙련시키기에는 시간이 부족했을 겁니다. 말을 가지고 간 것도 아니니 걱정 마십시오."

"이상하게 불길한 느낌이 들어서 말이지. 후우. 조숙하다고 생각했는데 역시 어리기는 한 모양이야. 이리 치기가 넘쳐서야."

"데려올까요?"

"몰래 따라붙으라고 해. 사내대장부가 칼을 뽑았으면 무라도 베어야지. 그리고 무엇 때문에 혼자 나간 건지 궁금하기도 하고."

"알겠습니다."

석비강의 지시에 황검이 수하에게 전음을 보냈다.

그리고 그 전음은 이내 순식간에 북경 전체로 퍼졌다.

천 년 전에도 늘 이 모습이었을 것 같은 웅장한 태산을 올려다보며 석진호가 감회 어린 표정을 지었다.

다른 이는 몰라도 그는 천 년 가까이 태산의 모습이 바뀌지 않았다는 것을 알아서였다.

물론 북방에서 되살아났을 때나 아니면 해남도에서 정신을 차렸을 때는 태산을 보지 못했지만, 중간에 듬성듬성 빈틈이 있어도 중요한 건 태산이 변하지 않았다는 점이었다.

"오늘은 날씨도 화창하네."

武人還生
무인환생

구름 한 점 없이 맑은 하늘을 올려다보며 석진호가 고개를 주억거렸다.

폭우가 쏟아지는 날씨보다는 차라리 지금처럼 화창한 게 더 좋아서였다.

우거진 수림 속으로 들어가면 내리쬐는 햇볕도 많이 죽기에 이동하는 데 불편하지도 않았고 말이다.

"혹시나 해서 준비했지만, 그래도 기분이 썩 좋지는 않네. 난 진짜 지난 생에서 내 삶을 마무리 짓고 싶었는데. 얼마나 좋아? 꿈을 이루고 죽는다는 게. 대체 이번에는 왜 살아난 건지."

태산을 오르며 석진호가 투덜거렸다.

아직도 왜 자신이 되살아난 건지 이해가 되지 않아서였다.

고민은 끝도 없이 하고 있지만 정작 답은 알 수 없다고나 할까.

아니, 답이 없는 문제를 가지고 계속 끙끙대는 느낌이었다.

"내가 준비를 해서 그런가."

숙달도 시킬 겸 비뢰신보(飛雷神步)를 극성으로 펼치며 석진호가 입맛을 다셨다.

길이 아닌 곳으로 이동했기에 곳곳에 장애물이 넘쳐 났지만 그마저도 석진호에게는 수련이었다.

빠른 속도로 움직이면서 방향을 순식간에 비트는 게 비뢰신보의 장점이었기에 석진호는 이동하면서도 동공을 펼쳤다.

그가 익힌 혼원천뢰신공(混原天雷神功)은 좌공과 동공이 가능한 신공이었기에 다리를 놀리면서도 운공을 하는 게 어려울 뿐이지 불가능하지는 않았다.

우득!

물론 아직은 숙달이 덜 되었기에 석진호의 몸 곳곳에 자잘한 상처가 늘어났다.

나뭇가지들을 부수면서 달리다 보니 여기저기 긁힌 상처가 생겨났던 것이다.

하지만 석진호에게는 그마저도 수련이었다.

이런 과정을 거쳐야 육신에 제대로 비뢰신보가 새겨질 것이기에 석진호는 눈 한번 깜짝이지 않고 태산을 질주했다.

"이 근처였던 거 같은데."

한참을 쉬지 않고 태산을 오른 석진호가 주변을 두리번거렸다.

기억이 맞다면 이 근처가 분명했다.

그런데 이곳에 찾아온 목적이 좀처럼 보이지 않았다.

"지형도 그대로고."

사람의 흔적이라고는 눈을 씻고 찾아봐도 보이지 않았지만 그럼에도 석진호는 익숙하게 주변을 탐색했다.

야생동물들이 적지 않음에도 그들을 자극하지 않고 자기 집 앞마당인 양 편하게 돌아다녔던 것이다.

그러나 정작 찾는 건 안 보였다.

"해가 지기 전에 찾아야 노숙할 터를 잡는데."

어느새 서쪽 봉우리에 살짝 걸려 있는 태양을 쳐다보며 석진호가 중얼거렸다.

예상과는 다르게 시간이 너무 지체되는 것 같아서였다.

물론 시간이 꽤 지난 만큼 누군가가 캤을 수도 있다.

지금의 그와는 인연이 아닐 수도 있고.

"흠."

하지만 그래도 확실하게 확인해 볼 필요는 있었기에 석진호는 두 눈을 감았다.

시각 대신 후각에 집중하기 위해서였다.

동시에 웬만한 고수들보다 뛰어난 기감 역시 극대화했다.

휘이이잉.

한 줄기 바람과 함께 온갖 꽃 내음과 풀 냄새가 코를 가득 채웠다.

그러나 그가 찾는 향기는 없었다.

근처에 있다면 독보적인 향기를 내뿜을 것이 분명한 그게 말이다.

'비슷한 지형을 보고 착각한 건가. 워낙 넓은 태산이니 비슷해 보이는 지형 한두 개가 있는 것도 이상하진 않지.'

조급함을 버리고서 석진호는 더욱더 후각과 기감에 집중했다.

어차피 급할 일은 없었다.

만약 오늘 찾지 못하더라도 내일 찾으면 되었다.

그러다가 새로운 인연이 닿을지도 모르는 일이고.

"음!"

차분히 냄새에 집중하던 석진호가 두 눈을 번쩍 떴다.

드디어 원하던 냄새를 찾은 것이었다.

그 순간 석진호의 신형이 번개처럼 움직였다.

"역시 비슷한 지형이었어. 하긴, 그때의 나는 한번 휙 보고 지나간 게 다였으니까."

곳곳에 크고 작은 굴이 있는 구릉에 도착한 석진호가 빙긋 웃었다.

그가 바라보는 곳에 그토록 찾았던 백년하수오가 있어서였다.

주변에는 새끼들로 보이는 하수오들이 있었는데 대부분이 아직은 영초라고 하기 힘들 정도였다.

하아악!

그런데 구릉에는 선객이 있었다.

백년하수오 옆에 새카만 동물 하나가 서서 그를 향해 이를 드러냈다.

"네 거라고?"

캬하악!

등의 털은 물론이고 꼬리까지 바짝 세우며 하악질을 하는 새까만 고양이를 보며 석진호가 피식 웃었다.

저리 경계하는 게 이해는 되어서였다.

아마도 여기를 관리한 게 저 녀석일 터였다.

"먹지도 못하면서."

하아악!

석진호의 말을 알아듣기라도 하는 것처럼 검은 고양이가 고개를 저었다.

그 모습에 석진호가 의외라는 듯이 눈을 빛내고는 진지하게 검은 고양이를 살폈다.

육안이 아닌 영안(靈眼)으로 검은 고양이를 봤던 것이다.

"호오, 너 영물이구나? 이제 막 발을 디딘 단계이긴 하지만."

부르르르!

검은 고양이가 몸을 부르르 떨었다.

심혼을 짓누르는 시선에 자기도 모르게 움찔거렸던 것이다.

그뿐만 아니라 바짝 세웠던 털과 꼬리도 순식간에 내리며 석진호의 눈치를 살폈다.

영안과 함께 드러난 석진호의 실체에 스스로 꼬리를 내린 것이었다.

"어쭈, 내 격도 볼 줄 알고."

순식간에 저자세로 돌변한 검은 고양이의 모습에 석진호

가 실소를 흘렸다.

그러나 놀라기는 일렀다.

야아옹. 야옹.

집에서 키우는 고양이처럼 녀석이 슬금슬금 다가와 그의 다리에 온몸을 비벼 대기 시작했다.

심지어 신고 있는 신발을 혀로 정성스레 핥기까지 하는 모습에 석진호가 싱긋 웃으며 몸을 낮췄다.

"동물이라 그런가. 본능적으로 상황 판단이 빠르구나."

할짝할짝.

석진호의 손에 이마를 부딪치고 비비던 검은 고양이가 이내 장심을 핥기 시작했다.

마치 주인에게 애교를 부리는 듯한 모습에 석진호는 부드럽게 검은 고양이의 목을 쓰다듬어 주고는 궁둥이를 팡팡 두드렸다.

"그래도 포기가 너무 빠른 거 아냐?"

야옹!

검은 고양이가 크게 울었다.

백 년 묵은 하수오가 귀하기는 하지만 그렇다고 목숨에 비할 바는 아니었다.

욕심을 부리다 죽느니 차라리 복종해서 삶을 이어 가는 게 나았기에 검은 고양이는 납작 엎드렸다.

"그래, 그렇게 하면 되겠다."

武人還生
무인환생

야옹?

윤기가 자르르 흐르는 검은 고양이의 털을 쓰다듬던 석진호가 고개를 주억거렸다.

그러고는 알 수 없는 소리를 하며 몸을 일으켰다.

"백년하수오 대신에 네가 먹을 수 있는 걸 주마. 태산에서 내가 봐 둔 곳은 여기만이 아니니까. 그거 정도면 네가 흡수할 수 있을 거다."

거침없이 백년하수오를 뽑아 든 석진호가 품 안에 집어넣고는 몸을 돌렸다.

따라오라는 듯이 검은 고양이에게 손짓했던 것이다.

이윽고 석진호와 검은 고양이의 신형이 구릉에서 사라졌다.

파바바밧!

슬슬 어둑해져 가는 숲속을 석진호가 빠르게 가로질렀다.

그리고 그 옆에서는 검은 고양이가 날렵한 움직임으로 따라 달리고 있었다.

"역시 고양이네."

야옹!

"속도만 따지면 지금의 나보다 더 빠르겠는데."

석진호가 은근히 감탄했다.

크기는 다른 산고양이들과 비슷하지만 신체 능력은 격이

다르다는 걸 느낄 수 있어서였다.

냐아옹!

달리는 와중임에도 용케 석진호의 말을 들은 모양인지 검은 고양이가 의기양양한 표정을 지었다.

도도하게 콧대를 세우며 여유롭게 울었던 것이다.

"아슬아슬하겠는데."

서쪽 봉우리에 반 이상 넘어간 태양을 힐긋거리며 석진호가 속도를 좀 더 올렸다.

백년하수오처럼 확실하게 있을 거라는 보장이 없는 만큼 이왕이면 여유 시간이 좀 있는 게 나았다.

밤이 된다고 해서 이동에 지장이 생기지는 않지만 그래도 노숙할 적당한 장소를 찾으려면 서두르는 게 좋았다.

"이쯤인데."

야옹!

도착한 석진호가 후각과 기감을 극성으로 끌어 올렸다.

시간이 얼마 없는 만큼 서두르기 위해서였다.

그런데 이번에는 굳이 찾을 필요가 없었다.

도착하기 무섭게 검은 고양이가 한곳을 향해 달려갔던 것이다.

"아직 있었네. 한 육십 년 묵었나."

니아옹?

단숨에 산삼이 있는 곳으로 달려간 검은 고양이가 초롱초

武人還生
무인환생

롱한 눈으로 석진호를 올려다봤다.

이 산삼이 자신의 것이냐고 묻는 듯한 표정에 석진호는 웃으며 고개를 끄덕였다.

"어때? 그 정도면 너에게도 나쁘지 않지?"

야아옹!

검은 고양이가 바람이 일 정도로 빠르게 고개를 끄덕였다.

그러고는 앞발로 순식간에 산삼을 캤다.

한두 번 경험이 있는 게 아닌지 검은 고양이는 숙달된 약초꾼보다 더 깔끔하게 뿌리 하나 다치지 않게 산삼을 캐내서는 입에 물었다.

"역시 영물은 영물이라니까. 안전한 장소에서 먹겠다는 거지?"

야옹!

산삼을 입에 문 채로 검은 고양이가 고개를 크게 끄덕였다.

그러더니 이내 따라오라는 듯이 귀를 쫑긋거리고는 뛰어갔다.

"따라가도 되려나."

석진호가 그 모습을 잠시 지켜봤다.

보아하니 자기가 머무는 곳이 있는 모양인데 문제는 그곳에 자신이 들어갈 수 있느냐였다.

냐아아옹-!

그때 어느새 훌쩍 멀어진 곳에서 검은 고양이의 울음소리가 들려왔다.

왜 안 따라오냐고 독촉하는 듯한 울음소리에 석진호는 밑져야 본전이라는 생각으로 땅을 박찼다.

검은 고양이가 안내한 곳에 도착한 석진호는 의외로 넓은 공간에 고개를 주억거렸다.

야생 곰이 머물러도 될 법한 크기였기에 하루 정도는 충분히 머무를 수 있을 것 같아서였다.

"괜찮네."

야옹.

만족한 듯한 석진호의 기색에 검은 고양이의 콧대가 다시한번 올라갔다.

근데 그 모습조차도 석진호에게는 귀여워 보였다.

원체 작다 보니 거만하기보다는 깜찍해 보였던 것이다.

"고맙다, 네 숙소에 초대해 줘서."

냐옹!

진심이 담긴 인사에 검은 고양이가 마치 사람처럼 웃었다.

입을 벌리며 미소를 짓는 듯한 표정에 석진호는 다시 한번 영물이라는 생각을 하며 앉을 자리를 만들었다.

아무래도 야생동물이 생활하는 굴이다 보니 평평한 곳을 찾기 힘들었기에 석진호는 양손으로 대충 땅을 다지고는 등에 메고 있던 행낭에서 모포를 꺼내 바닥에 펼쳤다.

"이만하면 하룻밤은 충분히 머물 만하지."

조악하기 짝이 없는 잠자리였지만 노숙은 그에게 일상이었다.

비바람만 피해도 충분했기에 석진호는 만족스러운 얼굴로 자리에 앉았다.

그런데 그때 묘한 시선이 느껴졌다.

검은 고양이가 호기심 어린 눈빛으로 그를 지그시 쳐다봤던 것이다.

"나부터 먹으라고?"

야옹!

정성스레 캔 산삼을 발아래 두고서 자신을 쳐다보는 검은 고양이의 시선에 석진호가 혹시나 하며 물었다.

그런데 말이 끝나기 무섭게 검은 고양이가 고개를 위아래로 흔들었다.

마치 상급자가 먼저 먹어야 한다는 듯이 말이다.

"그렇다면 거절하지 않고."

석진호가 모포 위에서 가부좌를 틀었다.

태극번천무로 근골을 개선하고 혼원천뢰신공으로 공력을 쌓고 있기는 하지만 그 속도는 그리 빠르지 않았다.

물론 다른 이들의 기준에서는 놀라운 성장이겠지만 석진호에게는 아니었다.

그렇기에 영초를 찾으러 왔고, 계획은 성공했다.

'여기에서 찾지 못했어도 봐 둔 곳은 많으니까.'

태산을 택한 것은 그나마 가장 가까운 거리에 있어서였다.

그런데 운이 좋게도 처음부터 영초를 얻었기에 석진호는 시간을 절약한 듯한 기분이 들었다.

으적으적.

뿌리에 덕지덕지 묻어 있는 흙들을 대충 털어 낸 석진호가 그대로 입에 집어넣고서 꼭꼭 씹었다.

백년하수오가 품고 있는 약성과 기운을 전부 흡수하기 위해 최대한 잘근잘근 씹어 먹었던 것이다.

이윽고 위를 중심으로 백년하수오의 기운이 전신으로 퍼져 나가기 시작했다.

'지금부터가 시작이지.'

체내에 흡수되기 무섭게 존재감을 드러내는 백년하수오의 기운을 석진호는 익숙하게 이끌었다.

아직 본신의 공력이 백년하수오를 압도할 정도가 아니었기에 석진호는 아기 달래듯이 제 맘대로 뻗어 나가는 기운들을 천천히 끌어모았던 것이다.

그러고는 서서히 혼원천뢰신공의 기운과 합일해 나갔다.

부르르르!

석진호의 몸이 격렬하게 흔들렸다.

그러나 얼굴 표정만은 담담했다.

육신은 영초가 처음이었지만 석진호는 아니었다.

영약, 영단을 수십 번도 더 먹어 봤기에 석진호는 당황하지 않고 서서히 백년하수오를 소화하기 시작했다.

스르륵. 스륵.

언뜻 보면 위태로워 보이는 광경이었으나 의외로 검은 고양이는 놀라지 않았다.

오히려 나른한 얼굴로 앞발을 핥아 세수를 하며 여유롭게 지켜보기만 했다.

이른 아침 하나의 인영이 태산을 가로질렀다.

그런데 그 인영의 어깨에는 검은 무언가가 매달려 있었다.

"너 정말 날 따라오려고?"

야아옹!

"나야 상관없기는 한데, 여기가 고향 아냐?"

너무나 안정적인 자세로 어깨에 매달려 있는 검은 고양이를 보며 석진호가 떨떠름한 표정을 지었다.

어젯밤부터 친한 척을 하더니 이제는 아예 붙어 있어서였다. 물론 이유를 모르는 것은 아니었지만 그래도 당혹스러운 것은 사실이었다.

냐옹!

"말귀는 알아들어도 사람 말을 하지는 못하니."

무언가 대답을 하기는 했지만 안타깝게도 이해는 전혀 되지 않았다.

그렇기에 석진호는 고개를 저으며 발을 놀렸다.

한데 그의 움직임이 어제와는 확연히 달랐다.

속도가 몇 배는 빨라졌던 것이다.

니야아아옹.

그리고 빨라진 속도를 제일 많이 느끼고 즐기는 건 검은 고양이였다. 너무나 안정적인 자세로 어깨에 매달려서는 속도감을 만끽했던 것이다.

스슥!

한참을 쉬지 않고 달리던 석진호가 멈춰 섰다.

어느새 산기슭에 도착해서였다.

"자, 다시 한번 생각해 봐. 여기가 마지막이야. 더 가면 집에 돌아가기 힘들어진다."

멈춰 선 석진호가 검은 고양이와 눈을 마주했다.

그러나 검은 고양이는 떨어질 기미를 보이지 않았다.

오히려 초롱초롱한 눈으로 그를 올려다보기만 했다.

"흐음, 호기심 때문인가."

아무리 기다려도 움직일 기미를 보이지 않는 검은 고양이의 모습에 석진호는 결국 어깨를 으쓱였다.

같이 간다는데 또 매몰차게 버리고 가기도 그래서였다.

겉모습은 곱게 자란 집고양이처럼 보였지만 실상은 영물이었다.

나이가 어리다고 하나 영물은 영물이었고, 그런 녀석이 따라온다는데 거절할 이유는 없었다.

할짝할짝.

석진호의 마음을 아는지 모르는지, 아니면 고민을 덜어 주려는 것인지 검은 고양이가 볼을 핥았다.

꺼끌꺼끌하지만 왠지 모르게 기분이 좋아지는 감촉에 석진호는 끝내 피식 웃었다.

"나중에 후회하지 말고."

냐옹!

말이 끝나기 무섭게 힘차게 대답하는 검은 고양이의 모습에 석진호는 결국 결정을 내렸다.

이왕 이렇게 된 거 데리고 가기로 말이다.

그런 그의 마음을 아는지, 쓰다듬는 손길에 검은 고양이가 나른한 표정을 지었다.

"앞으로 같이 지낼 건데 이름은 있어야겠지. 흑휘(黑暉) 어때? 어제 처음 널 봤을 때 떠오른 글자인데."

냥!

석진호의 손길을 음미하던 흑휘가 두 눈을 번쩍 떴다.

그러고는 큰 눈을 반짝이며 석진호를 향해 고개를 크게 끄덕였다.

정말로 마음에 든다는 듯이 연신 우는 모습에 석진호가 피식 웃었다.

"그럼 네 이름은 흑휘다."

까아아앙!

어깨춤을 추듯이 어깨를 들썩이는 흑휘를 마저 쓰다듬던 석진호의 고개가 북쪽으로 향했다.

멀리서 강렬한 금속음이 들려와서였다.

그것도 단순히 금속끼리 부딪쳐서 나는 소리가 아닌 공력을 머금은 냉병기가 충돌하면서 나는 소리였기에 석진호의 미간이 좁혀졌다.

"태산에 산적이 있다는 소리는 못 들었는데. 남쪽이라면 모를까 이쪽 길은 사람들이 잘 안 다니는 길인데."

석진호의 중얼거림과 함께 흑휘가 귀를 쫑긋거렸다.

아무래도 사람의 청각보다는 흑휘의 청각이 훨씬 더 예민했기에 관심을 보이는 듯했다.

"너무 평탄해서 심심하기는 했지."

석진호가 묘한 표정을 지었다.

그러더니 어느 순간 사라졌다.

무인환생

제7장 쌍색귀(雙色鬼)

헌칠한 체격의 여인이 거칠게 도를 휘둘렀다.

큰 키부터 인상적이기는 하지만 그보다 더 눈에 들어오는 것은 바로 거패도였다.

평범한 남자도 휘두르기 힘들 것 같은 거패도를 여인은 마치 갈대 다루듯 가볍게 휘둘렀다.

그런데 힘이 넘치는 도격을 펼치는 것과 달리 그녀의 안색은 그리 좋지 못했다.

"킬킬! 이제 슬슬 힘이 빠질 때가 됐는데. 아까 터트린 산공독은 내가 직접 만든 특제 산공독이거든. 약발은 좀 늦지만 대신 한번 타오르면 순식간에 공력을 집어삼켜 묶어 버리지. 대신 유지 시간도 짧지만, 뭐 반 시진이면 볼일 보기에는 충분하다 못해 넘치니까."

"닥쳐라, 악적!"

"키키킥! 얼굴이 붉어지니까 더욱 매력적인데?"

"이익!"

미꾸라지처럼 참격을 요리조리 피하며 화를 돋우는 중년인을 향해 여인이 가일층 공력을 끌어 올렸다.

어차피 사용하지 못하게 될 거면 아예 모조리 다 써 버리겠다는 속셈이었다.

그래서 중년인을 죽일 수 있다면 충분히 남는 장사라고 생각했다.

"어이쿠! 마지막 발악을 할 거면 미리 말을 해 줬어야지! 그래야 나도 준비를 할 거 아냐?"

"죽어!"

서슬 퍼런 도기가 허공을 찢어발겼다.

하지만 중년인도 만만치 않았다.

현란한 움직임을 보이며 여인의 공세를 모조리 피해 냈다.

심지어 옷깃도 가르지 못하는 모습에 여인이 입술을 깨물었다.

'이대로는 위험해.'

체력은 아직 충분했다.

하지만 문제는 공력이었다.

기습처럼 뿌린 산공독에 그녀의 기맥은 빠르게 굳어지고

무인환생

있는 상태였다.

지금의 속도라면 일각이 채 되기도 전에 경직될 게 분명했다.

'그 전에 어떻게든……!'

어금니를 악문 여인이 거칠게 도를 휘둘렀다.

부친과 비무하듯 전력을 다해 가문의 절학을 펼쳤다.

그러나 중년인은 너무나 얄밉게도 그녀의 공격을 모조리 피해 냈다.

"내가 이 순간을 얼마나 기다렸는지 모를 거야. 특히나 오늘처럼 혼자 있는 순간을 말이지. 호위 무사가 제법 무서운 놈이라 기다리고 또 기다렸지. 네 성미라면 언젠가는 혼자 움직일 게 뻔하니까. 그리고 실제로 그렇게 되었지. 크크크!"

"네 뜻대로는 안 될 것이다!"

"죽으려고? 그것도 난 나쁘지 않은데. 난 의외로 취향의 폭이 넓어서 말이지. 살아 있는 게 가장 좋지만, 죽어도 괜찮아. 피가 식기 전에 일을 끝내면 되니까."

"흐아아압!"

들으면 들을수록 귀가 썩을 것 같은 말에 여인이 살벌한 안광을 토해 내며 거패도를 휘둘렀다.

천지를 가를 듯이 매서운 참격을 펼쳤던 것이다.

"어후, 아직도 이 정도 힘이 남아 있다니. 역시 하북팽가 최고의 무재라는 말이 괜히 나온 게 아닌 모양이야."

도강은 아니었지만 그에 준하는 무시무시한 도세에 중년인이 순수하게 감탄했다.

능글맞게 말하고 있었지만 그 역시 팽나연을 만만하게 보지는 않았다.

두 오빠들보다 더한 재능을 가졌다고 알려진 후기지수가 팽나연이었다.

그렇기에 중년인은 그녀의 심리를 살살 건드리며 시간을 벌었다.

'이왕이면 살아 있는 계집이 훨씬 좋으니까 말이지. 처음부터 원한 게 살아 있는 팽나연이기도 했고.'

보통의 여인보다 큰 체구로 인해 무림오화 중 말석이라 불리는 팽나연이었지만 그럼에도 그녀가 무림오화인 것은 분명했다.

그 미모가 어디로 가는 것은 아니었고, 중년인은 개인적으로 키 큰 여자를 선호했다.

"이제 그만 슬슬 고분고분해지는 게 좋을 것 같은데. 군자의 복수는 십 년이 지나도 늦지 않는다는 말도 있잖아? 일단은 살아야 복수도 할 수 있는 법이지."

"네놈에게 더럽혀질 바에 죽는 게 낫다!"

"죽어도 더러워지는 것은 똑같은데? 심지어 시체조차 남기지 못하지. 화골산으로 내가 모조리 녹여 버릴 거거든. 그럼 팽 가주 속이 얼마나 타들어 갈까?"

무인환생

까드드득!

팽나연이 이를 갈았다.

자신뿐만 아니라 부친까지 걸고넘어지자 분노가 치솟았던 것이다.

하지만 더 열 받는 건 화가 나는데도 그녀가 할 수 있는 건 아무것도 없다는 것이었다.

음욕으로 가득 찬 눈이 자신의 몸 곳곳을 훑는데 정작 그녀의 공격은 단 하나도 닿지 않았다.

휘이이익!

오히려 시간이 갈수록 도세가 약해져만 갔다.

공력이 점차 굳어져 갔기에 거패도에 실리는 힘 역시 옅어져 갔던 것이다.

'한 번. 단 한 번만 맞히면 돼. 죽이지 못하더라도 치명적인 일격만 성공하면 승산이 있어.'

팽나연의 두 눈이 시퍼렇게 빛났다.

상황은 점점 더 악화 일로를 향해 치달았지만 그녀는 포기하지 않았다.

죽기 전까지 할 수 있는 건 뭐든지 다 해 볼 작정이었다.

파파파팟!

그 시작으로 팽나연은 마지막일지도 모를 건곤연환탈백도 (乾坤連環奪魄刀)를 펼쳤다.

이윽고 그녀의 손에서 무수히 많은 도영들이 일시에 솟구

치며 중년인에게 쇄도했다.

"아무래도 이게 마지막 발악이겠군."

강맹한 도격이 일시에 쏟아졌지만 중년인은 오히려 웃었다.

이번이 마지막 공격이라는 걸 그는 알고 있었던 것이다.

직접 만든 산공독인 만큼 중년인은 시간도 정확히 계산하고 있었다.

"이 발악에 네놈이 죽을 수도 있겠지!"

"그건 팽 소저의 희망 사항이고. 후후후! 미안하지만 내 계획에 죽음은 없어. 그저 사랑의 도피와 운우지락만이 있을 뿐이지."

"닥쳐라!"

피를 토하는 듯한 목소리로 팽나연이 버럭 소리를 질렀다.

하지만 그런 그녀의 기세와 달리 건곤연환탈백도는 점차 힘을 잃어 갔다.

퍼펑!

동시에 지금껏 회피하기만 했던 중년인이 쌍장을 내질렀다.

왼손으로는 거패도를, 오른손으로는 그녀의 복부를 후려쳤던 것이다.

그런데 그 충격에도 팽나연은 손에 쥐고 있던 거패도를 절대 놓지 않았다.

武人還生
무인환생

내상을 입어 입에서는 피를 토해 내면서도 팽나연의 두 눈은 살벌하게 번뜩였다.

"입에서 피를 흘려도 예쁘구나. 흐흐흐흐! 그럼 이제 사랑의 도피를 해 볼까."

중년인이 빠르게 몸을 날렸다.

짐짓 여유로운 척을 하고 있었지만 실상 시간은 그리 많지 않았다.

지금 이 순간에도 팽나연의 호위 무사가 그녀의 흔적을 추적하며 오고 있을 것이기에 중년인은 단숨에 접근했다.

"네 뜻대로 되지는 않을 것이다."

"공력도 쓰지 못하면서. 육신의 힘만으로는 본좌를 감당할 수 없지. 물론 해 보겠다면 말리지는 않겠다만. 그래도 이왕이면 이쯤에서 포기했으면 하는데 말이지. 그럼 우리는 같이 천상의 즐거움을 만끽할 수 있을 거거든. 너는 모르겠지만 나는 남녀의 즐거움을 모두 아는 거장이거든. 여자만 아는 반쪼가리와 달리 나는 남자끼리의 즐거움도 아는 진짜 장인이지. 크큭!"

"싸, 쌍색귀!"

"맞아. 그게 바로 나다."

팽나연의 두 눈이 더 이상 커질 수 없을 만큼 커졌다.

그 정도로 중년인의 말은 충격적이었던 것이다.

그저 그런 음적이 아닌 중원 전역에 악명을 날리는 쌍색귀라는 말에 팽나연의 안색이 창백해졌다.

"그러니 이쯤에서 포기하라고."

더 이상 시간을 지체하는 건 위험했기에 쌍색귀가 손을 뻗었다.

일단은 마혈을 짚어 이동한 후에 본격적으로 즐거운 시간을 보낼 작정이었다.

그런데 그 순간 팽나연의 왼손이 벼락같이 움직였다.

"큭!"

"이런, 이런. 미안하지만 내가 이런 쪽으로는 전문가라서 말이지. 방심을 유도한 다음에 회심의 일격을 날리는 계집이 너만 있었을 것 같아?"

부르르르!

남자 못지않은 체격을 지닌 팽나연이었지만 그녀 역시 여자였다.

그렇기에 늘 비녀를 가지고 다녔고, 그중 하나인 옥잠을 몰래 준비해 기습을 했지만 결과는 실패였다.

마치 다 짐작하고 있었다는 듯이 쌍색귀가 여유롭게 그녀의 기습 공격을 막아 냈던 것이다.

"끄으윽!"

"근데 사실 나는 이런 게 더 매력적이야. 모든 걸 포기한 계집과 하는 것도 나쁘지는 않지만 재미가 없거든. 아무 반응이 없으면 너무 인형 같잖아. 뜨거운 피가 흐르는데. 그 기

武人還生
무인환생

분이 또 엿 같아. 운우지정은 남녀가 함께 만들어 가는 건데 말이야. 흐흐흐!"

잡고 있는 팔에 힘을 줄수록 점차 일그러지고 붉어지는 팽나연의 모습에 쌍색귀는 하물이 불끈 솟는 걸 느꼈다.

마음 같아서는 당장 이곳에서 즐거운 시간을 보내고 싶었지만 그건 위험했다.

'얼마 만에 건진 명기인데 잠깐만 즐길 수는 없지. 투자한 시간을 생각하면 질릴 때까지 가지고 놀아야지.'

쌍색귀가 음흉하게 웃으며 손을 뻗었다.

단숨에 아혈과 마혈을 점혈하고서 바로 이곳을 뜰 생각이었다.

피이이잉!

그러나 그는 뜻을 이루지 못했다.

날카로운 파공성과 함께 무언가가 그를 향해 날아와서였다.

"누구냐!"

번개 같은 몸놀림으로 회피한 쌍색귀가 딱딱하게 굳은 얼굴로 주변을 두리번거렸다.

방금 전에 날아온 돌멩이가 정확히 그와 그녀의 사이를 교묘하게 노렸다는 것을 알았기에 그는 경직된 표정으로 주위를 살폈다.

하지만 기감만큼은 누구에게도 뒤지지 않는 그이건만 주

변에서 잡히는 기감은 없었다.

"역시 강호는 이런 맛이 있어야지. 근데 하북팽가의 여인을 노리는 간 큰 강간마가 있을 줄은 몰랐네."

"네놈이구나."

쌍색귀의 두 눈이 번뜩였다.

그와 동시에 숲속에서 느긋하게 걸어 나오는 청년을 향해 은밀히 지풍을 날렸다.

목소리로 자신에게 집중시켜 놓고는 뒤통수를 치려는 것이었다.

이윽고 쌍색귀의 손가락에서 발출된 지풍이 커다란 곡선을 그리며 청년에게 쇄도했다.

푹푹!

"강간마답게 생긴 대로 노는구나. 역시 나이 불혹이 지나면 성격이 얼굴에 고스란히 드러난다니까?"

쌍색귀가 두 눈을 부릅떴다.

은밀히 날린 그의 지풍을 청년이 너무나 쉽게 회피하자 놀란 것이었다.

"어떻게?"

"뭘 어떻게야. 느껴지니까 피한 거지."

말을 마친 청년, 석진호가 히죽 웃으며 건성으로 앞발을 찼다.

때마침 적당한 크기의 돌멩이가 앞에 있었기에 발끝으로

냅다 차 버린 것이다.

그런데 징조도 없이 날린 공격이라 그런지 어린아이 주먹만 한 돌멩이는 벼락같이 날아가 쌍색귀의 발목을 강타했다.

"큭!"

마치 일부러 노린 듯한 발목 공격에 쌍색귀가 땅을 박찼다.

시간이 벌써 상당히 지체됐기에 서둘러 석진호를 처리하기 위해서였다.

기습적인 공격에 한 방을 먹기는 했지만 그가 본 석진호의 수준은 일 갑자 정도의 공력을 가진 일류 무사 정도였다.

더구나 나이 역시 어려 보였기에 그는 충분히 석진호를 쉽게 처치할 수 있을 거라 생각했다.

'너무 많이 지체됐어. 단숨에 머리통을 날리고……'

특유의 빠른 발을 이용해 순식간에 거리를 좁힌 쌍색귀가 우수를 뻗었다.

그의 성명절기라고 할 수 있는 음양수(陰陽手)였다.

상극의 기운이 뒤섞여 있기에 일단 신체 부위에 접촉만 하면 진기의 흐름을 방해한다.

즉, 맞히기만 한다면 그가 훨씬 유리한 고지를 점할 수 있다는 뜻이었다.

투웅!

그렇기에 쌍색귀는 석진호가 팔뚝을 이용해 그의 손을 튕

겨 내자 회심의 미소를 지었다.

찰나라도 접촉을 한 순간 석진호의 기맥이 뒤틀릴 게 분명
해서였다.

하지만 변화가 나타난 쪽은 석진호가 아니라 쌍색귀였다.

"킥!"

팔에서부터 시작된 알 수 없는 저릿함은 금세 전신으로 퍼
졌다.

그런데 문제는 그 찌릿찌릿한 감각이 사지백해로 퍼져 나
갈수록 더욱더 강렬해진다는 것이었다.

강호의 닳고 닳은 무인인 쌍색귀조차도 신음을 참기 힘들
정도로 말이다.

"생긴 대로 무공도 지저분한 걸 익혔네? 근데 어쩌나. 나
하고는 완전 상극인 거 같은데."

"크윽! 이 새끼가!"

시간이 흐를수록 약해지기는커녕 오히려 더욱더 거세지는
고통에 쌍색귀가 얼굴을 잔뜩 일그러뜨리며 재차 쌍장을 내
질렀다.

본능적으로 시간을 끌면 불리하다는 사실을 깨달은 것이
다.

더구나 그는 도망까지 쳐야 하는 입장이었기에 더 이상 경
시하지 않고서 전력을 끌어 올렸다.

웅웅웅!

진기를 끌어 올릴수록 고통 역시 더욱 강렬해졌지만 쌍색귀는 참았다.

일단은 눈앞의 재수 없는 놈을 쓰러뜨리는 게 먼저라고 생각해서였다.

이윽고 쌍색귀를 중심으로 경력이 휘몰아치며 매서운 쌍장이 허공을 갈랐다.

말 그대로 힘으로 찍어 누르는 공격이었다.

'일격에 터트려 주마!'

단순하지만 막대한 힘이 실린 일격이 단숨에 석진호에게 쇄도했다.

그런데 그걸 보고도 석진호는 오히려 웃었다.

이딴 수준 낮은 공격을 펼치고서 기고만장하는 게 우스웠던 것이다.

스르륵.

다가오는 쌍색귀의 쌍장을 석진호는 흘려보냈다.

받아 내는 것도 어렵지는 않지만 굳이 상대방의 뜻대로 움직여 줄 필요는 없었다.

그래서 석진호는 몇 걸음 움직이는 것으로 가볍게 공격을 흘려보내고는 그대로 쌍색귀에게 파고들었다.

게다가 약자로서 강자와 싸워 본 경험은 강호의 그 누구보다도 석진호가 많았다.

"무, 무슨?"

그 모습에 쌍색귀가 대경실색했다.

보고도 믿기지 않는 광경에 경악한 것이었다.

물론 머리로는 이해가 되는 움직임이었다.

하지만 현실에 구현하기에는 불가능에 가깝다는 걸 알기에 쌍색귀는 두 눈을 부릅뜨며 믿을 수 없다는 표정을 지었다.

푸푸푹!

하지만 석진호는 쌍색귀가 그러거나 말거나 단숨에 품 안으로 파고들어서는 단전을 비롯해서 상반신 곳곳을 손가락으로 찔렀다.

석가장에서 펼친 것처럼 기혈을 틀어막은 것이었다.

다만 다른 점이 있다면 석가장에서는 공력이 일천했지만 지금은 일 갑자를 상회하는 공력이 있다는 점이었다.

빠각!

물론 봉쇄만 하지는 않았다.

석진호는 지금껏 자신에게 이를 드러낸 이를 가만히 놔둔 적이 없었다.

"켁!"

아래에서 솟구치는 일격에 쌍색귀의 몸이 허공으로 붕 떠올랐다.

제대로 들어간 일격에 무방비 상태로 맞고는 그대로 고꾸라졌던 것이다.

그러나 죽지는 않았다.

"네놈과는 아직 나눠야 할 대화가 있으니까."

순수한 육체의 힘만으로 때렸기에 고통스럽기는 해도 죽을 정도는 아니었다.

그렇기에 석진호는 혼원천뢰기로 인해 전신을 부들부들 떨고 있는 쌍색귀의 머리칼을 붙잡고서 짐짝 다루듯이 질질 끌고 갔다.

"가, 감사합니다! 정말 감사합니다, 은인!"

"마무리는 그쪽이 지으시죠. 그래야 속도 시원하고 잔재도 남아 있지 않을 테니."

냐아옹~!

어디 있다 나타난 것인지 흑휘가 석진호의 옆에 서서 길게 울었다.

마치 자신이 다 했다는 듯이, 개선장군처럼 하는 행동에 석진호는 피식 웃고 말았다.

"어머?"

그러나 팽나연은 달랐다.

갑작스러운 흑휘의 등장에도 그녀는 놀라기보다는 두 눈을 반짝였다.

작고 귀여운 걸 광적으로 좋아했기에 대번에 시선이 갔던 것이다.

하지만 좋아한다고 해서 막무가내로 행동하지는 않았다.

대신 부담스러운 눈빛을 흑휘에게 마구 발산했다.

"끄으으......."

만약 쌍색귀의 신음 소리가 아니었다면 팽나연은 작금의 상황도 잊은 채 흑휘만 쳐다봤을 터였다.

손을 뻗다가 회수하다가를 반복하면서 말이다.

"아가씨-!"

그때 또 한 명이 나타났다.

다급한 목소리와 함께 거구의 장년인이 모습을 드러냈던 것이다.

"삼촌!"

"무, 무사하셨군요, 크흑!"

어찌나 급하게 달려온 것인지 머리카락은 물론이고 옷매무새도 정상이 아니었다.

하지만 장년인은 그런 것은 상관없다는 듯이 멀쩡한 팽나연의 모습에 눈물을 글썽였다.

거구에 어울리지 않게 눈물을 흘렸던 것이다.

"저는 괜찮아요. 이분께서 도와주셨어요."

"죄송합니다, 아가씨. 제가 좀 더 신경 써야 했는데......."

"아니에요! 오히려 사과해야 하는 건 저예요. 제가 몰래 도망쳐 나온 거니까요."

팽나연이 장년인을 향해 고개를 깊게 숙였다.

어떻게 보면 이 사달은 그녀가 혼자 강호 유람을 하겠다고 도망쳐 나와서 발발한 것이나 마찬가지였기 때문이다.

그래서 그녀는 백상건에게 깊게 고개를 숙였다.

자신의 치기가 어떤 결과를 초래했는지 이번에 절절히 느꼈기에 팽나연은 진심으로 사과했다.

"아닙니다, 아니에요. 아가씨 나이대에는 충분히 그럴 수 있습니다. 저도 그랬고요. 다만 제가 부주의했을 뿐입니다."

"아니에요. 제가 잘못한 거예요. 삼촌께 괜히 걱정도 끼치고……."

어느새 울먹거리는 그녀의 모습에 백상건이 어쩔 줄을 몰라 했다.

덩치는 산만 했지만 여인에 대해서는 전혀 몰랐기에 그는 좌불안석인 것처럼 안절부절못했다.

냐옹.

그리고 그 광경을 흑휘는 멀뚱히 쳐다봤다.

두 사람이 왜 저러나 싶은 얼굴로 말이다.

"아!"

그런데 그 소리가 두 사람에게 석진호의 존재를 깨닫게 해주었다.

동시에 둘의 시선이 석진호에게로 향했던 것이다.

"아가씨를 구해 주셨다고 들었습니다."

"구해 주었다기보다는, 약간의 도움을 준 것이죠."

"감사합니다, 정말 감사합니다. 덕분에 아가씨께서 무사하실 수 있었습니다."

나이가 한참 더 많았음에도 백상건은 조금의 망설임도 없이 석진호를 향해 허리를 숙였다.

만약 석진호가 제때 나타나지 않았더라면 지금 이렇게 팽나연을 마주 보고 있지 못했을 것이기에 백상건은 연신 고개를 숙였다.

"정말 감사합니다, 은인."

백상건의 옆에서 팽나연이 옷매무새를 가다듬고는 절을 했다.

그런데 절을 올리는 팽나연의 눈빛이 심상치 않았다.

단순히 도움을 받아서 감사해하는 눈빛이 아니었다.

'엄청난 실력자야. 그것도 실전으로 다져진.'

팽나연이라는 이름보다 무림오화 중 도화(刀花)로 더욱 유명했지만 사실 그녀는 전형적인 무인이었다.

미모의 가치를 모르지 않았지만 무공과 미모 중 한 가지를 선택해야 한다면 그녀는 무공을 선택할 정도로 무공광이었다.

괜히 막내인 그녀가 하북팽가 최고의 후기지수로 불리는 게 아니었다.

그렇기에 팽나연은 한눈에 알아봤다.

석진호의 범상치 않음을 말이다.

특히 마지막 일격을 가로지를 때의 광경은 아직도 뇌리에 선명하게 남아 있었다.

'이론은 누구나 말하고 설명할 수 있어. 하지만 그걸 실제

武人還生
무인환생

로 이뤄 내는 사람은 드물지.'

누구나 할 수 있을 것 같지만 할 수 없는 걸 석진호는 해냈다.

하북팽가 최고의 재능이라 불리는 그녀조차도 감히 엄두도 안 나는 것을 말이다.

그래서 그녀는 석진호에게 관심이 생겼다.

"이기 제가 너무 정신이 없었군요. 통성명도 하지 않고 있었으니. 저는 하북팽가의 백상건이라고 합니다. 여기 아가씨는……."

"소녀 정식으로 인사드려요. 하북팽가의 팽나연입니다."

백상건이 순간 커다란 눈을 껌뻑거렸다.

오빠들 못지않게 호탕하고 걸걸한 성격을 가진 게 팽나연이었다. 그런데 지금은 너무나 소녀처럼 나긋한 목소리로 인사하자 백상건은 순간 자신이 꿈을 꾸고 있나 하는 생각이 들었다.

"인사도 인사지만 이놈부터 처리하는 게 먼저 아닐까 생각합니다만."

"쌍색귀!"

"이 녀석이 쌍색귀였습니까?"

의도적으로 화제를 돌리며 석진호가 여전히 널브러져 있는 쌍색귀를 두 사람 앞으로 내밀었다.

그러자 팽나연의 두 눈에서 서늘한 살기가 줄기줄기 흘러나왔다.

석진호가 만약 제때 나타나 주지 않았다면 치욕이라는 치욕은 죄다 당했을 터였다.

그렇기에 팽나연은 찢어 죽일 듯한 눈빛으로 쌍색귀를 노려봤다.

"네. 저에게 분명히 말했어요."

"일단 가볍게 손 좀 봐야 할 것 같습니다. 그런 다음에 가문으로 데리고 가지요."

콰득! 콰드득!

백상건은 무표정한 얼굴로 쌍색귀의 두 발목을 분질렀다.

그뿐만 아니라 점혈이 아닌 단전을 박살 냈다.

막말로 목숨만 빼앗지 않았을 뿐 무인으로서는 완전히 부숴 버렸던 것이다.

하지만 그럼에도 분이 풀리지 않는 모양인지 쌍색귀를 죽일 듯이 내려다봤다.

"마무리는 제가 지을 거예요."

"당연히 그러셔야지요."

"그럼 저는 이만."

사람 하나를 아무렇지 않게 순식간에 반병신으로 만들었지만 석진호는 딱히 신경 쓰지 않았다.

강호무림에서 이런 일은 비일비재했다.

더구나 명분이 없는 것도 아니기에 석진호는 짧은 인사와

무인환생

함께 몸을 날렸다.

이 이상은 엮이기 싫어서였다.

"어?"

"은인! 은인!"

눈 깜짝할 사이에 사라진 석진호의 모습에 백상건의 두 눈이 휘둥그레졌다.

쌍색귀를 상처 하나 없이 제압했기에 실력이 상당하다는 것은 짐작했었다.

하지만 아무리 온 신경이 쌍색귀에게 쏠려 있었다고 하지만 그는 팽 가주의 인정을 받은 고수였다.

그런데 석진호는 그런 그를 코앞에 두고서 사라졌다.

'아직 약관도 채 안 되어 보였는데…….'

백상건이 황당하다는 표정을 지었다.

이런 충격은 정말 오랜만이어서였다.

처음 팽나연을 찾았을 때의 충격보다 더한 충격에 백상건은 자기도 모르게 고개를 절레절레 저었다.

"어디로 가셨을까요?"

"근처에는 없습니다. 경신술 실력이 엄청나네요."

"무공은 더 대단해요. 쌍색귀의 음양장을 정면에서 흘려내고 반격할 정도니까요."

"허어."

백상건이 진심으로 감탄한 표정을 지었다.

수준은 초일류에 불과하지만 쌍색귀는 절정 고수도 살해한 전적이 있는 쓰레기였다. 즉 실력만큼은 만만하게 생각할 수 없는 무인이 쌍색귀였다.

그런 쌍색귀를 정면으로 쓰러뜨려서 제압했다는 말에 백상건은 탄성을 흘렸다.

"존성대명도 듣지 못했는데……."

팽나연의 표정이 순식간에 시무룩해졌다.

은혜를 갚기는커녕 이름조차 듣지 못하고 헤어지게 되자 축 처진 것이었다.

"제가 찾아보겠습니다. 그 정도 실력자가 이름 하나 알려지지 않았을 리가 없습니다."

"그렇겠죠? 육룡보다도 더한 실력자인데."

"제 생각도 같습니다. 더구나 얼굴과 키, 거기에 검은 고양이를 데리고 있다는 사실을 알고 있지 않습니까. 가문의 힘을 이용하면 금세 찾아낼 수 있을 겁니다."

"그럼 바로 가요!"

팽나연이 고통으로 인해 기절한 쌍색귀의 뒷목을 움켜잡으며 말했다.

한시라도 빨리 출발하자는 듯이 말이다.

그 모습에 백상건은 웃으며 쌍색귀를 넘겨받았다. 팽나연이 드는 것보다는 그가 드는 게 낫다고 생각해서였다.

"우선 산공독의 해독약부터 드시죠."

武人還生
무인환생

"하북팽가는 은혜를 잊지 않는 가문이에요. 은인을 얼른 찾아내고 싶어요."

"최선을 다하겠습니다."

백상건은 쌍색귀의 품에 있던 모든 물건을 죄다 챙기고는 서둘러 발걸음을 옮겼다.

은인이 궁금한 건 그도 마찬가지였다.

냐아옹.

처소에 도착하기 무섭게 흑휘가 주변을 두리번거렸다.

우아한 걸음걸이로 옆에서 나란히 걷던 녀석은 단숨에 담벼락 위로 솟구쳤다. 특유의 탄력을 이용해 올라가서는 주위를 탐색했던 것이다.

"이제는 네 영역이라는 거냐."

그 모습에 석진호가 피식 웃었다.

영역 동물답게 도착하자마자 주변부터 살피는 모습에 웃음이 절로 나왔던 것이다.

야옹!

"이곳에 얼마나 더 머무를지는 모르겠지만, 일단 올해까지는 머물 거 같으니까."

"공자님!"

"아이고, 미리 언질이라도 주시지! 그럼 소인이 모시러 갔을 터인데!"

목소리가 안에 들린 것인지 탁윤과 정마룡이 득달같이 달려 나왔다.

그런데 움직임이 제법 경쾌했다.

떠나 있는 동안에도 열심히 수련한 듯 움직임이 많이 달라져 있었던 것이다.

"뭘 모시러 와. 길을 모르는 것도 아니고 내 집에 오는 건데."

"볼일은 잘 보셨는지요?"

"물론. 아주 유익한 시간을 보내고 왔지."

냐아옹!

언제 다가온 것인지 석진호의 옆에 바짝 붙어서 선 흑휘가 도도하게 고개를 들어 올리며 자신의 존재를 알렸다.

그러나 정작 탁윤과 정마룡은 흑휘를 멀뚱히 쳐다보기만 했다.

"웬 고양이?"

"그러게요. 장원 내에서 키우는 동물이라고는 개 몇 마리랑 전서구들밖에 없는데."

"근데 고놈 참 고급지게 생겼다."

武人還生
무인환생

제8장 결국 제가 직접 왔어요

냐, 냐앙?

팽나연과는 확연히 다른 반응에 흑휘가 순간 당황한 표정을 지었다.

오는 동안 객잔에서 머물 때 뭇 여자들의 사랑을 독차지했던 것과는 전혀 다른 반응에 흑휘는 큰 눈을 깜빡이며 석진호를 올려다봤다.

"앞으로 함께 지낼 식구야."

"애완동물입니까?"

"음, 일단은? 애완동물이라기보다는 부하의 느낌이 더 강하긴 한데 말이지."

"부하요?"

석진호의 말에 정마룡의 눈썹이 꿈틀거렸다.

갑작스러운 새 식구에 경쟁심을 느낀 것이었다.

물론 일개 동물이라고 생각할 수도 있겠지만 현재 정마룡의 입지를 생각하면 쉽게 넘어갈 수가 없었다.

'아직 난 정식으로 인정받은 게 아니니까.'

정마룡은 자신의 현재 위치를 너무나 잘 알았다.

첫 번째 시험은 통과했지만 탁윤처럼 상승의 절학을 배우고 있는 게 아니라는 사실을 말이다.

언제 버려져도 이상하지 않을 정도.

현재 그의 위치는 딱 이 정도였다.

"표정이 왜 그렇게 심각해?"

"하하, 아무래도 제가 지금은 외인이지 않습니까?"

"알고는 있네?"

"눈치로 지금까지 살아왔으니까요."

"수련은?"

석진호가 게슴츠레한 눈으로 정마룡의 몸 곳곳을 살펴봤다.

옷을 입고 있지만 석진호에게는 상관없었다.

그의 안목은 옷의 유무에 크게 영향을 받지 않았으니까.

걸음걸이, 호흡만 봐도 그는 그동안의 성과를 알아볼 수 있었다.

"윤이와 함께 열심히 했습니다!"

"열심히 하는 건 당연한 거야. 중요한 건 잘했느냐이지."

"그건⋯⋯."

정마룡이 마른침을 삼켰다.

열심히는 했으나 잘했다고 확언을 하기에는 자신이 없어서였다.

냐아옹.

바짝 긴장한 정마룡의 모습에 흑휘가 날카로운 눈빛으로 원을 그리며 빙빙 돌았다.

마치 교관 같은 눈빛을 뿌리면서 말이다.

"뭐, 확인해 보면 되겠지."

"예, 옙!"

"윤이는 잘했네. 내가 지시했던 것 그대로 했어."

"감사합니다."

두 사람과의 짧은 해후를 끝내고 석진호는 안으로 들어갔다.

아직 인사를 나눠야 할 사람이 한 명 더 있어서였다.

"어머, 도련님!"

"나 왔어, 유모."

"다치신 곳은 없으세요? 무슨 일 없었죠?"

저녁을 준비 중이었는지 새하얀 앞치마를 한 소하정이 석진호를 보자마자 한달음에 달려왔다.

그러고는 몸 이곳저곳을 만지며 폭포수처럼 질문을 쏟아

냈다.

"더 좋아졌으니까 걱정하지 마."

"분위기가 좀 바뀐 거 같기도 하네요."

"역시 유모야. 내가 좀 남자다워졌지?"

"살이 살짝 탄 거 같기는 해요. 슬슬 햇살이 따가워질 때이기는 하니까요."

냐옹.

왠지 모르게 좀 더 어른스러워지고 남자다운 분위기를 물씬 풍기는 석진호의 모습에 흐뭇하게 웃던 소하정이 퍼뜩 놀랐다.

갑자기 들려오는 고양이 울음소리에 깜짝 놀란 것이었다.

그런데 석진호의 마음을 아는 것인지 흑휘는 처음 보는 것임에도 소하정에게 온갖 애교를 부렸다.

"에구머니나!"

"이번에 연이 닿아서 데려온 식구. 앞으로 같이 살 거야."

야옹!

"근데 이 녀석 수컷이라서 그런가. 여자만 좋아하는 거 같은데."

놀라서 바짝 얼어 있는 소하정에게 다가간 흑휘는 온갖 아양을 떨었다.

정마룡을 쳐다보던 시선과는 완전 다른 눈빛으로 소하정의 다리에 온몸을 비비며 친근하게 대했다.

武人還生
무인환생

배만 까지 않았을 뿐이지 그 외에 고양이로서 할 수 있는 모든 애교 공격에 결국 소하정도 넘어갔다.

"진짜 애교 덩어리네요."

"위험한 애교 덩어리지. 아주아주 위험한."

"이런 작은 아이가 위험하다고요?"

"응. 삼류 무사 몇은 찜 쪄 먹을 힘을 가지고 있거든."

"도련님도 참."

흑휘의 턱밑을 긁어 주며 소하정이 실소를 흘렸다.

암만 봐도 귀여운 길고양이 같은 흑휘가 무인들을 때려잡을 수 있다고 하자 믿기지가 않았던 것이다.

하지만 이건 사실이었다.

영물이 된 지 얼마 안 되었다고 하지만 영물은 영물이었다.

'뭐, 굳이 그걸 말해 줄 필요는 없지만.'

금세 친해진 둘이 장난을 치고 노는 모습에 석진호는 어깨를 으쓱거렸다.

때로는 모르는 게 약이기도 했다.

굳이 동네방네 떠들고 다닐 이유도 없었고 말이다.

"오늘 저녁부터는 이 아이가 먹을 밥도 준비해야겠네요."

"이름은 흑휘야. 잘 지었지?"

"도련님이 지으신 거예요? 헤에, 놀라울 정도로 예쁜 이름인데요?"

"나도 나름 감각이 있어."

진심을 담아 놀라는 소하정의 모습에 석진호는 이상하게 기분이 나빠졌다.

하지만 이어진 그녀의 연타에 그는 인정할 수밖에 없었다.

"글 선생님께 글짓기를 배울 때가 생각나네요."

"……금기서화를 다시 배워야겠어. 그래야 확실하게 증명하지."

"에이, 다시 시작한다고 달라지겠어요? 호호!"

소하정이 입을 가리고 웃었다.

놀리는 게 재미있기도 했지만 이렇게 도란도란 대화를 나누는 게 정말 오랜만인 것 같아서였다.

"곧 증명해 보이지. 다재다능해진 나의 모습을 말이야."

"기대할게요, 도련님."

"흑휘 밥은 굳이 생선으로 줄 필요 없어. 잡식이라 과일도 먹고 풀도 먹으니까. 근데 생선이나 새 종류를 좋아하기는 하겠지. 부족하면 자기가 알아서 사냥해서 먹을 거니까 크게 신경 쓸 필요는 없어."

"간이 되어 있지 않은 게 좋겠죠?"

"아무래도 그렇겠지?"

턱을 지나 흑휘의 미간을 간질이며 소하정이 웃었다.

갑자기 늘어난 새 식구였지만, 고양이는 처음 키워 보지만 이런 아이라면 나쁘지 않을 것 같았다.

武人還生
무인환생

늘 셋이서만 생활했기에 북적거리는 걸 바라기도 했고 말이다.

'고양이를 데리고 오실 줄은 몰랐지만.'

심지어 흑휘는 길고양이나 들고양이 같은 느낌이 전혀 없었다.

윤기가 자르르 흐르는 검은색 털 때문인지 고급스러운 느낌이 있었다.

하지만 역시나 가장 마음에 드는 건 애교가 넘친다는 점이었다.

"앞으로 심심하지는 않겠네요."

"윤이랑 마룽이만으로는 부족한 거야?"

"아, 마룽이가 걱정이 많더라고요. 언제 갑자기 자기가 팽당할지도 모른다면서요."

"그 정도 긴장감은 나쁘지 않지."

"너무 골려 먹는 것도 좋지 않아요."

소하정이 눈을 흘겼다.

하지만 일정 부분은 그녀도 동의했다.

너무 착하기만 해도 사는 데 좋지 않다는 걸 그간의 경험으로 알아서였다.

"마룽이 얘기는 이쯤 하고 이리 와 봐."

"오랜만에 안아 주시게요?"

소하정이 눈을 반짝이며 슬쩍 두 팔을 벌렸다.

부드러운 흑휘의 털을 쓰다듬는 것도 좋았지만 역시 석진호의 포옹에 비할 바는 아니었다.

"말이 조금 이상한 거 같은데."

"에이, 떠나기 전에도 안아 주셨으면서."

"아니, 안마 좀 해 주려고. 또 뭉쳐 있는 것 같아서. 어깨쪽에."

"안마도 좋죠."

소하정이 냉큼 몸을 돌렸다.

포옹도 좋지만 안마 역시 나쁘지 않아서였다.

한번 받으면 하루가 개운할 정도로 석진호의 안마는 특별했기에 소하정은 잔뜩 기대한 얼굴로 몸의 힘을 풀었다.

"유모는 오래오래 살아야 해. 호사도 누릴 수 있는 만큼 누리고. 그래야 내 마음이 편해."

"저는 호사는 필요 없어요. 그저 도련님이 건강하게 자라시고, 가정을 이루고 행복하게 사시면 그걸로 족해요."

"그럼 내 자식도 돌봐 주는 걸로."

"생각해 보니 그것도 재미있겠네요, 호호호!"

상상만 해도 기분이 좋은지 소하정이 연신 웃음을 터트렸다.

그걸 보면서 석진호는 행복이 딱히 멀리 있지 않다는 생각이 들었다.

'전생까지는 오로지 앞만 보고 달렸으니까.'

여자는 품었어도 가정을 이루지는 않았다.

자식을 키우는 것보다 자신의 꿈이 더욱더 중요해서였다.

하지만 이번에는 그렇게 무공에만 매달려 살고 싶지 않았다.

'한 번 정도는 막 살아도 되잖아? 어쩌면 그렇게도 한번 살아 보라고 다시 살린 걸지도 모르고.'

아직도 정확한 답을 알아내지는 못했지만 그렇다고 해서 석진호는 깊게 고민하지 않았다.

자신이 암만 고민해 봤자 달라지는 것은 없어서였다.

물론 또다시 살아나는지는 죽으면 알게 되겠지만 그렇게까지 할 생각은 없었다.

밖으로 나온 정마룡은 가슴팍을 쓰다듬었다.

품속에 있는 물건이 제대로 있는지 다시 한번 확인한 것이었다.

그러고는 담벼락 주위를 빠르게 살폈다.

"나무 위에 있나?"

높은 곳을 좋아하는 습성답게 흑휘는 평소 담장 위에 늘어져 햇볕을 쬐는 걸 좋아했다.

석진호가 밖에 나가지 않으면 거의 하루 종일 엎어져 있을 정도로 말이다.

그래서 당연히 담벼락 위에 있을 줄 알았는데 털 한 가닥도 보이지 않자 정마륭은 앞마당 한쪽에 외롭게 서 있는 감나무를 쳐다봤다.

"옳지!"

늘 그렇듯이 나른한 얼굴로 열심히 졸고 있는 흑휘를 발견한 정마륭이 살금살금 걸어갔다.

나뭇가지까지의 높이가 제법 되지만 까치발을 하고서 손을 뻗으면 닿을락 말락 할 정도는 되었다.

그래서 정마륭은 조심스럽게 감나무를 향해 걸어갔다.

스윽.

하지만 동물의 예민한 감각은 어떻게 할 수 없는지 고개를 꾸벅꾸벅 숙인 채 졸던 흑휘가 번개같이 고개를 돌렸다.

정확히 그를 쳐다봤던 것이다.

"오늘은 반드시 널 복종시키고야 말겠다!"

지난 며칠 동안 흑휘에게 당했던 굴욕들을 떠올리며 정마륭이 눈을 빛냈다.

오늘에야말로 누가 위 서열인지 확실하게 정할 작정이었다.

소하정과 탁윤은 감히 그가 비벼 볼 수 있는 존재가 아니었다.

그러나 세 번째 자리만큼은 양보할 수 없었다.

"네 녀석이 아무리 똑똑해 봤자 한낱 동물일 뿐이지!"

냐아아옹~.

혼자 열을 내는 정마룡을 흑휘는 한심하다는 눈빛으로 쳐다봤다.

참으로 쓸데없는 데 시간을 쓰는 것 같아서였다.

"오늘이야말로 확실하게 길들여 주마! 자, 너를 훈련시킬 내 비장의 무기다!"

정마룡이 득의양양한 얼굴로 품속에 손을 넣었다.

잠시 후 그의 손가락에는 고급 육포 한 조각이 들려 있었다.

"후후후! 이거면 네 녀석도 달려들지 않을 수 없겠지!"

고양이를 키우는 지인들에게 묻고 물어 겨우 얻어 낸 육포였다.

그야말로 마약처럼 고양이들이 환장한다는 육포를 손에 든 정마룡은 이미 다 이겼다는 듯이 승자의 미소를 지었다.

그러고는 육포의 냄새가 빨리 퍼지도록 크게 흔들었다.

흥.

하지만 안타깝게도 그가 생각했던 것과는 다른 결과가 나왔다.

자신만만하게 꺼낸 육포를 흑휘는 거들떠보지도 않았던 것이다.

소하정이 주는 음식은 무엇이든지 맛있게 먹던 모습과는 전혀 다른, 너무나 무관심한 모습에 정마룡이 순간적으로 멍한 표정을 지었다.

"어? 냄새를 못 맡았을 리가 없는데. 분명 이 육포에 환장한다고 그랬었는데……."

관심을 보이기는커녕 다시 눈을 감는 흑휘의 모습에 정마룡이 당혹스러운 표정을 지었다.

그가 그린 그림에 이런 광경은 없었기에 정마룡은 흑휘와 손에 든 육포만 번갈아 쳐다봤다.

"오늘도 그러고 있냐? 쓸데없는 짓이라니까. 먹이로 어르고 달랠 아이가 아니라고 몇 번을 말해."

"그래도 좀 고분고분하게 만들고 싶어서. 저 녀석이 저만 차별하는 거 공자님도 아시잖아요."

"네가 만만해서 그렇겠지."

앞마당으로 나온 석진호가 피식 웃으며 말했다.

이 말보다 더 어울리는 말은 없어서였다.

"그게 자존심이 상한다고요! 어떻게 미물 따위가!"

"미물이라. 그렇게 말하면 욕해. 아니, 한 대 맞으려나?"

"켁!"

석진호의 말이 끝나기 무섭게 흑휘가 날듯이 다가와 뺨을 때렸다.

그래도 석진호의 부하라는 걸 알아서인지 발톱을 세우지는 않았다.

다만 힘은 그대로였다.

하아악!

武人還生
무인환생

단숨에 정마룡의 싸대기를 후리고서 바닥에 착지한 흑휘가 하악질을 했다.

　감히 너 따위가 자신을 무시하느냐는 듯이 털을 바짝 세우는 모습에 고개가 돌아간 정마룡은 어이가 없으면서도 이 상황이 믿기지가 않았다.

　"내가 말했잖아, 평범한 고양이 아니라고. 그러니 무시하지 말라고."

　"여, 영물입니까?"

　"응. 그러니까 딴 데 가서 괜히 발설하지 말고."

　"아, 알겠습니다!"

　여전히 어안이 벙벙한 표정이었지만 그렇다고 정신 줄을 놓은 건 아니었다.

　그렇기에 정마룡은 두 눈을 끔뻑거리며 새삼스러운 눈빛으로 흑휘를 쳐다봤다.

　할짝할짝.

　하지만 흑휘는 그런 정마룡의 시선에는 일절 관심이 없는지 석진호의 어깨에 올라타 볼을 핥았다.

　애교를 부리듯 정성스레 볼이며 목이며 가리지 않고 핥았던 것이다.

　석진호는 그런 흑휘의 미간을 가볍게 긁어 줬다.

　"귀 청소를 한번 해야 할 것 같은데."

　흠칫!

일순 흑휘의 움직임이 멈췄다.

흘리듯이 한 말이었지만 흑휘에게는 절대 흘려들을 수 없는 한마디였다.

그런데 거기에 정마룡이 기다렸다는 듯이 한 팔 거들었다.

"이왕 하는 거 목욕도 시켜야 하지 않겠습니까? 냄새는 안 나지만 그래도 가끔은 해 주는 게 좋다고 하던데요. 더구나 밖을 마음대로 싸돌아다니잖습니까. 벼룩이 있을 수도 있습니다."

부르르르!

흑휘가 간절한 눈빛으로 석진호를 올려다봤다.

귀 청소도, 목욕도 다 싫다는 듯한 눈빛과 표정이었다.

"확인해 보면 되겠지."

얼어붙어 있는 흑휘의 뒷목을 잡아 가슴께로 데려온 석진호가 양쪽 귀는 물론이고 몸 곳곳을 살폈다.

그런데 의외로 흑휘의 상태는 청결했다.

굳이 목욕을 시키지 않을 정도로 말이다.

"어떻습니까?"

"너보다 깨끗한 거 같은데?"

"예에? 그럴 리가요! 저는 요즘 매일 목욕하는데요! 무공 수련 때문에 무조건 씻어야 해서 아마 하인들 중에서는 윤이와 함께 가장 깨끗할 겁니다!"

"그런 상황인데 안 씻으면 위생 관념에 문제가 있는 거지.

어제 가르쳐 준 단섬보(短閃步)의 기본 형식은 다 외웠어?"

안도의 한숨을 쉬는 흑휘를 바닥에 내려놓으며 석진호가 말했다.

그런데 그 말에 정마룡이 똥 마려운 강아지처럼 몸을 꼬았다.

"여, 열심히 외우기는 했는데요."

"기본형도 못 외우면 응용은 어떻게 하려고 그래."

"그게, 그러니까요. 머리로는 알겠는데 몸이 제 뜻대로 안 따라 주는 느낌이랄까요?"

정마룡의 고개가 점차 숙여졌다.

잠을 잘 시간도 줄여 가며 수련을 했지만 이상할 정도로 숙달되지가 않았다.

분명 머리로는 이해했는데 펼치려고 하면 몸이 따라 주지를 않았다.

"이렇게 말하면 좀 그런데, 그게 바로 재능의 차이야. 범재가 수재를 쉽게 따라잡지 못하는 이유고. 수재나 천재는 너무나 쉽게 하는 게 범재는 안 되거든."

"……방법은 없습니까?"

"왜 없어? 될 때까지 하면 돼. 죽어라 연습하고 또 연습하면 가능해. 문제는 그러는 사이 간격은 점점 더 벌어진다는 거지만."

정마룡의 표정이 어두워졌다.

사실 그도 알고는 있었다.

다만 애써 외면하고 있었을 뿐.

재능의 차이는 살다 보면 의외로 많은 곳에서 느낄 수 있었다.

"그래서 포기할 거야? 인정하고 체념하는 것도 한 가지 방법이야."

점점 더 어두워지는 정마룡을 힐끔 보며 석진호가 말했다.

체념이 나쁜 건 아니었다.

단지 그것 또한 삶을 살아가는 한 가지 방법일 뿐이었다.

그리고 마지막의 마지막까지 미련을 놓지 못하는 것 또한 삶의 한 가지 모습이었고.

"아뇨. 역시 포기 못 하겠어요. 남자가 칼을 뽑았으면 무라도 베어야 하지 않겠습니까? 제가 잠시 정신이 나갔었나 봅니다. 배가 부른 모양이에요. 처음부터 이럴 걸 알고 있었는데."

"고민하는 시간은 필요해. 인간의 삶에서 고뇌는 빼놓을 수 없는 부분이고. 그냥 시간이 흐르는 대로, 남들이 시키는 대로 살아가서는 절대 행복할 수 없어. 남과 비교를 하지 않고서 살아갈 수는 없어. 안 그래야지 하면서 마음을 먹으면 뭐 해? 이미 내 마음은 비교를 하고 있는데."

"요즘 보면 공자님이 저보다 어리시다는 게 믿기지가 않습니다. 분명 사고가 나기 전까지만 해도……."

"철딱서니없는 병신에, 겁쟁이였지. 그건 인정."

냉정할 정도로 너무나 순순히 인정하는 석진호의 모습에 정마룡이 어색하게 웃었다.

아랫사람으로서 맞장구치기가 애매해서였다.

그렇다고 성격상 아니라고 할 수도 없었고 말이다.

"하하하……."

"근데 죽다 살아나니까 깨닫는 바가 많더라고. 사람이 변하면 죽는다는데, 난 그 반대잖아. 그러니까 그러려니 하고 넘겨."

"뭔가 구렁이 담 넘듯이 교묘하게 넘어가는 것 같습니다만, 저는 충심 넘치는 종복이니까 따르겠습니다."

"참 말만 줄이면 금상첨화인데."

"이게 제 매력이지 않겠습니까? 흐흐흐!"

정마룡이 언제 침울했냐는 듯이 환하게 웃었다.

석진호의 위로 아닌 위로에 나름의 답을 낸 듯한 모습이었다.

"입 잘못 놀리다가 나라가 망한 경우가 있다는 거 알지? 늘 조심해도 모자란 게 바로 말이다. 한번 뱉은 말은 다시 주워 담을 수가 없어."

"각골명심하겠습니다!"

"말만 그러지 말고 행동으로 보이라고, 행동으로."

"옙!"

우렁차게 대답한 정마륭이 잠깐의 짬을 이용해서 단섬보를 수련했다.

앞마당에서 단섬보의 기본 형식을 반복하며 몸에 각인시켰다.

물론 석진호의 눈에는 여전히 어설퍼 보였지만 그렇다고 지적하지는 않았다.

표정만 봐도 정마륭이 얼마나 열심히, 집중하고 있는지 알 수 있어서였다.

"무공을 수련할 때는 평소와 진짜 많이 달라요."

"가슴속에 꿈이 있으니 의욕적일 수밖에 없지. 그런 점에는 너와 조금 차이가 있고."

"저도 목표가 생겼어요, 공자님."

식재료를 다 나르고 온 탁윤이 소를 닮은 순박한 눈으로 석진호를 쳐다봤다.

평소와 달리 무언가 결심한 눈이었다.

"목표? 난 이왕이면 꿈을 가졌으면 좋겠는데. 자고로 남자는 야망이 있어야지. 소년이여, 야망을 가져라! 라는 말 못 들어 봤어?"

"어, 못 들어 봤는데요?"

"그럼 지금부터라도 머리에 담아 두고 생각해 봐. 그러다가 가슴이 울리는 걸 택하면 돼."

이상하게 논점을 흐리는 듯한 석진호의 말에 탁윤이 큼지

무인환생

막한 두 눈을 끔뻑였다.

뜬금없이 왜 삼천포로 빠지나 생각하는 표정이었다.

"노, 노력해 볼게요."

"그래서 목표가 뭔데?"

"공자님의 뒤를 든든하게 지키려고요. 일공자님이나 이공자님 그리고 셋째 아가씨에게는 호위 무사가 있잖아요. 물론 제가 아직 그 정도는 아니고 앞으로도 힘들겠지만, 그래도 조금은 거들 수 있지 않을까 생각해요. 제가 몸 하나는 튼튼하잖아요."

"내가 그러라고 외공을 가르치는 건 아닌데 말이지."

석진호가 미간을 좁혔다.

애초에 탁윤에게 무공을 가르쳐 준 이유는 단순했다.

건강하게 오랫동안 함께 살기를 바라서가 첫 번째고, 두 번째 이유는 다른 선택지를 주고 싶어서였다.

물론 두 번째 이유를 생각한 건 재능이 있어서이기도 했지만.

"알아요, 공자님 마음을요. 하지만 아까도 말씀하셨잖아요. 스스로 결정하는 삶을 살아야 한다고요. 제가 결정한 삶은 이거예요."

"너도 장가는 가야지. 언제까지 내 뒤치다꺼리할 거야? 유모도 나중에는 좋은 사람 소개시켜 줄 거야."

"자, 장가요?"

탁윤의 새까만 얼굴이 능금처럼 붉어졌다.

무엇을 상상하는 것인지 새빨갛게 변한 얼굴로 통나무만 한 팔다리를 비비 꼬는 모습에 석진호는 피식 웃었다.

"장가는 가고 싶은가 보네."

"갈 수만 있다면, 가고 싶죠."

"좋아하는 사람은 있고?"

탁윤의 얼굴이 터질 것처럼 달아올랐다.

조금 과장을 하면 김이 올라올 것처럼 붉어진 탁윤의 모습에 석진호가 장난기 가득한 표정을 지으며 팔꿈치로 툭툭 쳤다.

"어라? 있는 모양이네? 누구야? 외원에 있어, 내원에 있어? 응?"

"어, 없어요."

"지금 떠오른 사람이 있을 거 아냐? 누구야?"

"진짜 없어요!"

자기도 모르게 버럭 소리를 지른 탁윤이 뒤늦게 실수를 깨닫고는 솥뚜껑만 한 손으로 입을 가렸다.

하지만 그 모습에 석진호는 되레 웃었다.

"강한 부정은 강한 긍정이라는 말이 있는데. 뭐, 이쯤 할까. 알아보면 못 알아낼 것도 없고."

"지지지, 진짜 없어요."

"알았다니까."

武人還生
무인환생

탁윤이 아는 석진호는 한다면 하는 사람이었다.

그렇기에 탁윤은 기겁하며 만류했지만 석진호의 표정은 대답과 달랐다.

"아악! 웃지 마! 나도 못하는 거 알고 있으니까!"

그르릉. 크르릉.

석진호와 탁윤의 고개가 동시에 돌아갔다.

앞마당에서 들려오는 고함 소리에 반사적으로 움직인 것이었다.

그러자 보이는 광경은 흑휘에게 씩씩대고 있는 정마룡의 모습이었다.

"내가 널 웃기려고 이러는 줄 알아?"

냐아옹.

"뭐야, 그 눈빛은? 고양이 주제에 사람 무시하는 거냐?"

도발적으로 콧대를 들고서 도도하게 우는 흑휘의 모습에 정마룡이 어처구니없다는 표정을 지었다.

그런데 웃긴 건 그다음이었다.

정마룡의 말에 흑휘가 당연하다는 듯이 고개를 위아래로 크게 끄덕였던 것이다.

그뿐만 아니라 정마룡이 수도 없이 연습한 단섬보를 직접 선보이기까지 했다.

쩌억!

이족 보행을 하는 사람과 달리 사족 보행을 하는 고양이었기에 펼치는 단섬보는 이상하다 못해 기괴했다.

하지만 수도 없이 연습했기에, 몸은 몰라도 머리는 정확히 알고 있기에 정마륭은 입을 쩍 벌렸다.

기괴해 보였지만 흑휘는 정확히 단섬보의 기본 형식을 밟았다.

단지 발이 네 개이기에 이상해 보이는 것뿐이지 흑휘는 그보다 더 정확하게 단섬보를 펼쳤다.

"크큭! 크하하하!"

"세상에나……."

그리고 그 모습을 석진호와 탁윤과 봤다.

물론 놀라는 건 탁윤뿐이고 석진호는 배를 잡고 웃었다.

영리하다는 건 알았지만 이 정도일 줄은 몰라서였다.

하지만 잘해야 이류 무공 수준인 단섬보였기에 영물인 흑휘가 따라 하는 것도 불가능하지만은 않다고 생각했다.

"이럴 수가……. 어떻게 몇 번 보고……."

다만 문제는 정마륭이 받은 충격이었다.

연습한 것도 아니고 담장 위나 나무 위에서 그를 지켜본 게 다였다.

그런데도 완벽하게 단섬보를 펼치는 모습에 정마륭은 하늘이 무너진 듯한 표정을 지었다.

"외우는 건 쉽잖아. 속도에 중점을 둔 보법이니까. 물론 그렇다고 해서 아무 고양이나 할 수 있는 건 아니지만."

무인환생

"흑휘는 진짜 대단한 거 같아요. 어쩜 저리 똑똑할까요?"

냐아아옹.

탁윤의 칭찬에 흑휘가 목이 꺾일 정도로 콧대를 세웠다.

마치 이 정도는 아무것도 아니라는 듯이 말이다.

그런데 그 모습이 탁윤에게는 너무나 귀엽고 깜찍하게 보였다.

말도 잘 듣는데 명석하기까지 하니 미워하려야 미워할 수가 없었다.

"흑휘는 특별한 아이니까. 괜히 영물이라 불리는 게 아니지."

"그나저나 마륭 형이 걱정이네요. 가뜩이나 요즘 자신감이 바닥을 찍던데."

"지금은 그게 다 약이야."

절망감에 빠진 듯 바닥에 주저앉아 있는 정마륭을 탁윤은 걱정스레 쳐다봤다.

반면에 석진호는 아무렇지도 않은 얼굴이었다.

좌절과 절망을 겪어야 강인한 정신력을 가진 무인이 탄생한다고 생각해서였다.

그리고 지금은 한창 담금질을 해야 할 때였고.

"석진호 공자님."

본래부터 무인은 강하게 키워야 한다는 소신을 가지고 있었기에 딱히 정마륭에 신경 쓰지 않던 석진호의 고개가 월동문으로 향했다.

누군가 그를 찾아온 것 같아서였다.

황검의 두 눈동자가 은은히 떨렸다.

수하와 나란히 걸어오는 석진호의 모습은 칠순연 때와는 확연히 달라서였다.

체격은 좀 더 단단해졌고 걸음걸이와 호흡 역시 안정적이었다.

하지만 그가 놀란 건 육체적인 변화가 아니라 기도였다.

'저렇게 안정적이라고?'

칠순연 때 봤던 석진호는 누가 봐도 갓 무공에 입문한 풋내기였다.

그런데 지금은 누가 봐도 노련한 무인처럼 보였다.

마치 사선을 수십 번 넘은 북방의 병사나 뿌릴 법한 기도와 눈빛에 황검이 이해할 수 없다는 표정을 지었다.

만약 그게 느낀 게 맞다면 정말 말도 안 되는 것이었기 때문이다.

"오랜만에 뵙습니다."

"태상장주님께 안내해 주겠네."

"감사합니다."

과하지도 모자라지도 않은 딱 정중한 수준의 인사에 황검의 표정이 복잡해졌다.

묻고 싶은 게 많지만 지금은 묻기가 애매해서였다.

그렇다고 그가 태상장주를 놔두고 따로 움직일 수도 없었기에 황검은 입술만 꿈틀거렸다.

"이번 외출 때 좋은 일이 있었던 모양이야."

"나쁜 일은 없었습니다."

"말해 주기 싫은 모양이로군."

"굳이 떠벌릴 일은 아니라고 생각해서요."

딱 잘라 말하는 석진호의 모습에 은근슬쩍 떠보려고 했던 황검이 입맛을 다셨다.

역시나 지금의 석진호는 만만치 않았다.

'답답하군.'

궁금한 게 무척 많았지만 아예 선을 확 그어 버렸기에 더 이상 물을 수가 없었다.

그렇다고 태상장주의 손자이자 유독 관심을 보이는 석진호에게 강압적으로 물어볼 수도 없었고 말이다.

아니, 강압적으로 물어본다 한들 석진호가 순순히 대답할 것 같지도 않았다.

'진짜 재능이 늦게 발견된 경우인가.'

보폭은 물론이고 호흡 역시 정련되어 있는 게 초급자라고는 전혀 느껴지지 않았다.

얼굴을 가리고 움직임만 본다면 중견급 무림 고수라고 해도 과언이 아닐 정도였다.

게다가 더 놀라운 건 안정적인 기도였다.

언뜻 가늠되는 공력은 일 갑자에서 백 년 사이 정도였는데 황검이 느끼기에는 단순히 공력만으로 판단해서는 안 될 것 같았다.

똑똑똑.

이런저런 생각을 하는 사이 어느새 그의 몸은 석비강의 서재 앞에 도착해 있었다.

"태상장주님, 황검입니다. 석진호 공자를 데리고 왔습니다."

"들어오게."

"예."

문 안쪽에서 들려오는 중후한 목소리에 황검이 직접 문을 열었다.

그러나 그는 안으로 들어가지 않았다.

조손지간의 대화인 만큼 그가 끼어들 여지는 없다고 생각해서였다.

다만 문을 닫기 전 석비강에게 전음을 날리는 걸 잊지 않았다.

"그간 강녕하셨습니까."

"못 했다. 손자라는 녀석이 내게 말 한마디도 없이 집을 나섰는데 어찌 강녕할 수 있겠느냐."

"연락을 했다고 한들 과연 여기까지 왔을까요."

"또 할아비 놀리는 게냐?"

자신을 앞에 두고서도 직언을 서슴지 않는 석진호의 모습에 석비강이 헛웃음을 흘렸다.

그런데 그게 석비강에게는 나쁘게 보이지 않았다.

자고로 사내라면 배짱이 어느 정도는 있어야 했다.

큰일을 하는 사람일수록 배짱이 커야 했고 말이다.

"사실을 말씀드린 것뿐입니다."

"그걸 못하는 애들도 많다는 것은 알고 있지?"

"글쎄요."

석진호는 애매모호한 표정으로 대답했다.

굳이 자신이 이러쿵저러쿵할 필요는 없다고 생각해서였다.

"밖에서 좋은 일이 있었나 봐? 분위기가 달라졌는데? 황검도 그리 말하고."

"운이 좋았습니다."

"도대체 무슨 좋은 일이 있었던 게야?"

"그냥 좋은 일이 있었습니다."

석진호가 빙그레 웃었다.

시시콜콜하게 다 말하고 싶지 않다는 기색이었다.

근데 그게 석비강에게는 신선하게 다가왔다.

장원 내 어느 누구도 그의 앞에서 이런 식으로 말하는 이가 없었기에 신기하기도 하고 재미있기도 했던 것이다.

"할아비에게도 말해 주기 싫은 것이더냐?"

"중요한 일은 아니니까요."

"진로는 결국 무림으로 정한 모양이구나."

"예."

"결정은 아직 안 내렸지?"

시비가 가져다준 다호를 든 석비강이 직접 석진호의 찻잔에 차를 따라 주었다.

그런데 그의 말에도 석진호는 별다른 대답을 하지 않았다.

그저 묵묵히 차를 한 모금 들이켜기만 했다.

"어느 정도는 내렸습니다."

"……설마 떠나려는 게냐?"

"이곳에서 하고 싶은 일이 없어서요."

"여기는 네 집이다."

석비강의 표정이 달라졌다.

그는 가급적이면 석진호가 본가에 머물렀으면 싶었기에 단호하게 말했다.

예전이었다면 거들떠도 보지 않았겠지만 지금은 많은 게 달라졌다.

"집이라고 해서 꼭 머물 필요는 없잖습니까. 떠나는 서출들이야 늘 있었고요."

"너는 다르다."

"지금이니까 그런 것이겠지요. 예전이었다면 과연 이렇게

武人還生
무인환생

태상장주님을 마주할 수 있었을까요?"

"으음!"

여전히 직설적인 석진호의 말에 석비강은 순간 말문이 막혔다.

동시에 그는 깨달았다.

칠순연부터 지금까지 석진호는 자신을 단 한 번도 할아버지라 부른 적이 없음을 말이다.

언제나 늘 깍듯하게 태상장주라고 칭했다.

"솔직히 이제는 쓸모 있어 보이니까 관심을 보이시는 거 아닙니까."

"부정하지는 않겠다. 하지만 네가 남아 주었으면 하는 마음은 진심이다."

"그리 말씀해 주셔서 감사하지만, 죄송합니다."

"정녕 떠날 것이더냐?"

석비강이 서운한 기색을 숨기지 않으며 말했다.

오랜만에 발견한 마음에 드는 손주였기에 석비강은 진심으로 아쉬웠다.

칭찬에 인색하기로 유명한 황검이 직접 천재가 아닐까 싶다고 말한 이가 눈앞의 석진호였다.

그런 만큼 석가장의 발전을 위해 그는 석진호가 꼭 남아 주었으면 했다.

"예."

"여지도 없는 게냐?"

"네."

"다시 한번 생각해 보거라. 널 위한 자리를 내 직접 만들어 주마. 또한 네가 하고자 하는 걸 내가 전적으로 지원해 주겠다."

석비강은 처음부터 모든 패를 깠다.

이 정도가 아니라면 석진호의 마음을 뒤집을 수 없을 거라고 생각해서였다.

물론 처음부터 이럴 생각은 없었다.

그런데 황검의 전음이 그의 생각을 변하게 만들었다.

"마음만 감사히 받겠습니다."

"허어!"

석비강이 장탄식을 흘렸다.

사실 그는 이 정도면 충분히 석진호를 넘어오게 만들 수 있을 거라고 생각했다.

석가장 역사상 서출을 이토록 지원했던 적은 없어서였다.

하지만 석진호의 생각은 다른 듯했다.

"제가 그 정도로 출중한 인물은 아닌 것 같아서요."

"입에 침이나 바르고서 거짓말을 해라. 그 말을 누가 믿을 것 같더냐?"

"꽤 많을걸요."

"설마 처소에만 박혀 있는 것도……."

武人還生
무인환생

석비강의 눈매가 날카로워졌다.

어쩌면 이 모든 게 자연스럽게 잊혀 석가장을 나가려는 계획은 아니었을까 하는 생각이 들어서였다.

지금까지 석진호가 보여 준 모습이라면 이런 치밀한 계획도 가능성은 충분했다.

"그건 따로 할 일이 있어서요."

"새로 거둔 하인이 있다고."

"거둔 것까지는 아니고, 두고 보는 정도입니다. 부릴 수 있는 사람이 많을수록 편하지 않습니까. 아직은 고정비를 걱정할 때가 아니기도 하고."

"솔직하게 물어보자. 나가서 무엇을 하려는 것이냐? 평탄한 길이 쫙 펼쳐져 있는 집을 버리고서 말이다."

석비강이 매서운 눈으로 석진호를 쳐다봤다.

과거 장주로 활동하던 시절의 바로 그 눈빛이었다.

눈빛 하나로 수백 명의 가솔들을 휘어잡던.

그러나 석진호는 그런 석비강의 눈빛을 가볍게 흘려 냈다.

"남에게나 좋은 길이지 저에게는 딱히 끌리지 않는 길이라."

"용의 꼬리는 되기 싫다는 것이냐."

"용요?"

석비강이 어떻게 보면 민감할 수 있는 부분을 거론했다.

그런데 석진호의 반응은 그가 생각했던 것과 너무나 달랐다.

어이없다는 듯이 실소를 흘렸던 것이다.

마치 석가장 정도로는 용이라 칭할 수 없다는 듯이 말이다.

"그 웃음의 의미는 용이 아니라는 것이냐?"

"제가 굳이 대답하지 않아도 태상장주님께서 잘 아시리라 생각합니다."

"……그럼 네가 직접 용으로 키우면 되지 않겠느냐."

"그건 제 몫이 아닙니다. 형들과 누나의 몫이죠."

"너 역시 석가의 피를 이었다."

매정할 정도로 선을 긋는 말에 석비강이 한숨을 내쉬며 말했다.

대화에서 느끼기는 했지만 석진호는 석가장에 조금도 애착이 없었다.

그걸 석비강은 이번에 확실하게 느낄 수 있었다.

한데 씁쓸한 건 그러는 게 충분히 이해된다는 점이었다.

"반쪽만 이었죠."

"으음!"

"나간다고 해서 인연을 끊겠다는 게 아닙니다. 그저 하고 싶은 일이 본가 밖에 있을 뿐이죠."

"다시 돌아올 생각은 있느냐?"

석비강이 혹시나 하는 표정으로 물었다.

무인환생

그러나 대답은 그가 바랐던 것과는 반대로 나왔다.

"없습니다."

"……나중에 달라질 수도 있지 않으냐."

"글쎄요. 그러지는 않을 것 같습니다."

"누구 핏줄 아니랄까 봐 고집은."

결국 석비강이 툴툴거렸다.

무슨 수를 쓰더라도 석진호의 마음을 돌릴 수 없다는 걸 알아서였다.

하지만 그렇다고 해서 그가 포기한 것은 아니었다.

집념이라면 그 역시 누구에게도 뒤지지 않았다.

"석씨 고집이 대단하지 않습니까."

"그래도 가끔은 찾아와서 할아비 말 상대나 해 다오. 이제 반년 조금 더 남은 거 같은데."

"더 빨리 나갈 수도 있습니다."

"생일 지나서 나가. 할아비 부탁이다. 그 정도는 해 줄 수 있지?"

"흐음."

석진호는 곧바로 대답하지 않았다.

뜸을 들이듯 시간을 끌었다.

근데 그걸 알면서도 석비강은 당할 수밖에 없었다.

그가 매달리는 순간 칼자루는 석진호에게 있었으니까.

"이 정도 부탁도 못 들어주느냐?"

"알겠습니다."

독촉하는 석비강의 모습에 석진호가 어쩔 수 없다는 듯이 대답했다.

일단 대답은 하고 나중에 이런저런 핑계를 댈 생각이었다.

석비강과 헤어졌음에도 석진호는 자신의 처소로 들어갈 수 없었다.

월동문 앞에서 이번에는 석미룡의 호위 무사가 그를 기다리고 있었던 것이다.

그래서 석진호는 발걸음을 돌릴 수밖에 없었다.

"우리 진호 대단하네. 할아버지의 총애까지 받고."

"제가 언제부터 '우리 진호'라고 불렸는지 모르겠네요."

"까칠하기는. 오랜만에 봤는데 너무 매정한 거 아냐?"

"글쎄요."

석진호는 무덤덤한 얼굴로 다리 위에 올라와 있는 흑휘를 쓰다듬었다.

호위 무사와 함께 발걸음을 돌리자 냉큼 따라와서는 석미룡의 집무실 안까지 들어왔다.

그런데 흑휘를 쳐다보는 석미룡의 시선이 심상치 않았다.

"고양이는 어디서 데려온 거야?"

"데려왔다기보다는 따라왔습니다."

"널 따라왔다고?"

무인환생

"예. 좀 영특한 녀석이라."

냐옹!

미간을 긁어 주는 석진호의 손길이 기분 좋은 모양인지 흑휘가 꼬리를 살랑살랑 흔들었다.

그러고는 손길을 느끼듯 두 눈을 감았다.

"귀, 귀엽다. 나도 만져 봐도 돼?"

윤기가 자르르 흐르는 털도 털이지만 앙증맞은 크기에 애교 넘치는 행동에 석미룡의 동공이 크게 흔들렸다.

승계 다툼 중이었지만 그녀 역시 여자였다.

더구나 이제 막 스무 살이었기에 귀엽고 깜찍한 것에 약할 수밖에 없었다.

"이 녀석이 싫어할걸요."

"어? 네가 키우는 거 아냐?"

"보통 녀석이 아닌지라."

하아악!

탁자 위로 조심스레 손을 뻗자 흑휘가 곧장 반응했다.

언제 헤실거렸냐는 듯이 그녀를 향해 하악질을 했던 것이다.

그 모습에 석미룡은 반사적으로 손을 회수했다.

얼굴 가득 울상을 지은 채로 말이다.

"너무해."

"충성심이 강한 녀석이라."

"그렇게 말하니까 더 부럽다. 나한테 팔라고 해도 안 팔겠지?"

"팔 수 있는 녀석이 아니라서 말이죠."

"히잉!"

손을 회수하자마자 다시 꼬리를 살랑거리며 눈을 감는 흑휘의 모습에 석미룡은 시선을 떼지 못했다.

보면 볼수록 탐이 났던 것이다.

그러나 주인이 넘기지 않겠다는데 아무리 그녀라도 별수 없었다.

더구나 지금 그녀는 석진호의 마음을 얻어야 하는 입장이었기에 욕심을 마음대로 드러낼 수 없는 형편이었다.

"만져 보고 싶다. 진짜 한 번만 쓰다듬고 싶다."

시무룩한 얼굴로 석미룡이 중얼거렸다.

딱 한 번만이라도 자신도 석진호처럼 편하게 만져 보고 싶어서였다.

그래서인지 그녀는 홀린 듯 흑휘를 쳐다봤다.

"얘가 낯을 좀 가려서요."

"네가 잡고 있어도 안 될까? 아니지. 그럴 바에는 유혹하는 게 낫지."

눈을 번뜩인 석미룡이 시비를 불렀다.

그러고는 무언가를 지시했는데 잠시 후 시비가 들고 온 쟁반에는 작은 생선들을 비롯해서 갖가지 종류의 육포가 나란

무인환생

히 담겨 있었다.

쫑긋!

석진호의 손길을 음미하던 흑휘가 귀를 쫑긋거렸다.

후각이 예민한 동물답게 대번에 간식거리가 들어온 것을 알아차린 것이었다.

"녀석."

쉼 없이 귀와 코를 쫑긋거리는 모습에 석진호가 피식 웃었다.

영물이라도 동물인 것은 어쩔 수가 없는 듯해서였다.

"이리 가져와."

"예, 아가씨."

조신하게 다가온 시비가 석미룡의 찻잔 옆에 작은 쟁반을 내려놓았다.

동시에 흑휘의 눈도 번쩍 뜨였다.

"후후후!"

아까 전과 달리 자신에게, 정확하게는 쟁반 위의 간식거리에 관심을 보이는 흑휘의 모습에 석미룡이 득의양양한 표정을 지었다.

아무리 영특하더라도 동물은 동물이었다.

그렇기에 그녀는 간식을 이용해 흑휘와 친해질 생각이었다.

"짧은 시간에 많이 준비했네요."

"모든 일을 철두철미하게 해야지. 차이는 작은 것에서부터 나타나는 것이니까. 근데 이름이 뭐야?"

"흑휘요."

"수컷인가 보네?"

"예. 그래서 보통은 여자들을 좋아하는 편인데⋯⋯."

석진호가 말끝을 흐렸다.

태산에서부터 데리고 올 때에는 사람들의 손길을 딱히 거부하지 않았다.

귀찮게만 하지 않으면 만지거나 쓰다듬는 것 정도는 허락했는데 석미룡에게 대뜸 하악질을 하자 석진호도 고개를 갸웃거렸다.

어떤 기준으로 사람을 가리는 것인지 애매해졌던 것이다.

"흑휘야, 어떤 것부터 줄까? 싱싱한 생선? 아니면 반건조 생선?"

석미룡이 유혹하듯 두 종류의 생선을 손가락으로 집고서 살랑살랑 흔들었다.

그런데 효과가 있는 듯 흑휘의 시선이 좌우로 흔들리는 생선을 따라 움직였다.

그 모습에 석미룡이 회심의 미소를 지었다.

간식으로 유혹하는 작전이 통한 것 같아서였다.

"아니면 육포? 여기 이 육포들 아주 특별한 거다? 닭고기로 만든 것도 있고, 돼지고기로 만든 거, 소고기 육포, 토끼

武人還生
무인환생

고기, 말고기도 있지."

쿵쿵!

석미룡의 말이 이어질수록 흑휘의 코 역시 벌렁거렸다.

굳이 말해 주지 않아도 평범한 육포가 아니라는 점을 알 수 있어서였다.

게다가 고개 역시 슬그머니 석미룡 방향으로 나아가 있었다.

"어떤 것부터 줄까? 뭐가 당겨?"

석미룡은 쟁반에 있던 간식거리를 탁자에 펼쳐 놓았다.

그러자 흑휘의 눈동자가 지진이라도 난 것처럼 흔들렸다.

평소에 소하정이 잘 챙겨 주기는 했지만 지금 석미룡의 앞에 놓인 것들은 특식이라고 해도 과언이 아닌 것들이었다.

그렇기에 흑휘는 침을 삼켰다.

"먹어도 돼. 안 좋은 것도 아닌데."

오옹.

흑휘가 고민 어린 표정을 지었다.

고양이임에도 상당히 다채로운 표정을 띠는 모습에 석미룡이 귀여워 죽겠다는 표정을 지었다.

저렇게 고민하는 모습조차도 그녀에게는 너무나 앙증맞아 보였던 것이다.

슬금슬금.

석진호의 허락이 있어서인지 흑휘가 탁자 위로 살금살금

올라왔다.

그러고는 몸을 최대한 낮춘 후 석미룡에게 다가갔다.

시선은 육포와 석미룡을 번갈아 쳐다보면서 말이다.

"편히 먹어도 돼. 다 네 거야."

석미룡이 의자에 등을 댔다.

다가온다고 처음부터 만질 생각은 없었다.

마음 같아서는 당장 껴안아서 부비부비를 하고 싶었지만 지금은 참아야 할 때였다.

우선은 낯가림부터 없앤 다음에 품에 안아야 오랫동안 안고 있을 수 있다는 걸 알기에 석미룡은 당장 손을 뻗고 싶은 욕망을 참았다.

덥석!

손가락에 끼고 흔들던 육포를 내려놓고서 얌전히 자신의 자리에 앉아 있는 석미룡을 확인한 흑휘가 번개 같은 움직임으로 토끼 고기 육포를 입에 물고는 석진호에게 돌아갔다.

그러더니 앞발을 이용해 야무지게 육포를 뜯기 시작했다.

"진짜 귀엽다……."

"아가씨도 키우세요."

"누나라고 부르라니까."

"아가씨가 더 편해서요."

"칫!"

석미룡이 눈을 흘겼다.

武人還生
무인환생

이제는 자신을 생각해서라도 누나라도 불러도 될 법한데 여전히 선을 긋는 것 같아서였다.

"근데 갑자기 무슨 일입니까?"

"우리 편히 보기로 했잖아. 잘 다녀왔나 궁금해서 보자고 했어."

"태상장주님이랑 무슨 대화를 나누었는지 궁금해서가 아니라요?"

"전혀. 난 할아버지가 널 호출한지도 몰랐어."

석미룡이 어깨를 으쓱거렸다.

궁금하지 않은 건 아니었지만 그렇다고 해서 그걸 물어보려고 부른 것은 아니었다.

진짜 궁금한 것은 따로 있었고.

"그렇습니까."

"믿어 주는 거야?"

"의심한다고 해서 제가 얻을 게 있습니까?"

"그건 그러네. 근데 무엇 때문에 밖에 나갔다 온 거야? 너 갑자기 나가서 할아버지가 은밀히 북경을 뒤진 건 알고 있어?"

"그랬습니까?"

다른 이도 아니고 태상장주인 석비강이 직접 움직였다는 말에도 석진호는 딱히 놀라지 않았다.

만났을 때 별다른 말이 없기도 했고, 석비강과는 딱히 끈끈한 정이 있지 않아서였다.

그건 원래 석진호 역시 마찬가지였고.

"놀라지도 않네. 나는 엄청 놀랐는데. 내가 괜히 총애를 받는다고 말한 게 아니야. 그런 적이 없었거든."

"멀쩡히 잘 돌아왔으면 된 거 아닙니까."

"할아버지께도 그렇게 말한 거야?"

"일일이 보고할 이유는 없지 않습니까. 저도 사생활이라는 게 있는데."

당당히 말 안 했다고 하는 석진호의 모습에 석미룡은 실소가 나왔다.

그런데 이제는 이렇게 당당하게 말하는 게 이상하지 않았다.

"오빠들이 만나자고 하지 않아? 큰오빠야 자신의 자리가 확고하다고 생각하니까 딱히 관심을 보이지 않겠지만 작은 오빠는 아닐 텐데."

"걱정 안 해도 됩니다. 열여덟 번째 생일날을 보내고 바로 나갈 거니까요."

석미룡의 저의를 꿰뚫어 본 석진호가 단언하듯 말했다.

그러자 석미룡의 볼이 살짝 붉어졌다.

이렇게 직설적으로 말할 줄은 몰랐기에 살짝 당황한 것이었다.

"꼭 그런 뜻으로 물은 게 아닌데. 근데 도대체 뭘 하려고 나가려는 거야? 말하는 걸 보니 무인이 되어서 강호를 활보

武人還生
무인환생

하려는 건 아닌 것 같은데."

"이것저것 생각 중입니다. 일단 분명한 건 장사는 아닙니다."

"무공은 왜 익히는 거야?"

"취미 생활 겸 가족을 지키기 위해서랄까요."

"우리는 가족이 아니라는 건가?"

석미룡이 의미심장한 표정을 지으며 말했다.

농담 반 진담 반이 담겨 있는 질문이었다.

"피가 섞였다고 다 가족은 아니죠."

"냉정하네."

"아가씨 역시 마찬가지라고 생각합니다만."

"그래도 너처럼 그렇게 대놓고 말하지는 않지."

석미룡이 조금은 서운한 표정을 지었다.

하지만 그걸 입 밖에 꺼내지는 않았다.

불과 반년 전까지만 하더라도 자신이 석진호에게 일절 관심을 보이지 않았다는 걸 잘 알아서였다.

"괜히 기대하게 만드는 것보다는 솔직한 게 낫지 않습니까."

"맞는 말인데, 그래도 적당히 해야지. 너는 너무 매정하게 말하잖아."

"다음부터는 노력해 보겠습니다."

"말만 그렇게 하고 안 바꿀 거잖아. 네 표정이 다 말하고 있어."

석진호가 싱긋 웃었다.

무언의 긍정이었다.

그 뒤로 신변잡기에 가까운 대화가 이어졌다.

동시에 석미룡이 간식을 이용해 어떻게든 흑휘의 경계심을 거두게 만들려고 했지만 결과적으로는 실패했다.

규모가 마을이라고 해도 이상하지 않은 석가장의 정문으로 일남일녀가 다가왔다.

그런데 장신인 두 사람의 모습에 지나가던 상인들과 사람들이 연신 힐끔거렸다. 특히 남녀를 불문하고 모두가 한 번씩은 여인을 돌아봤는데 그 정도로 미모가 대단했다.

"규모가 상당하네요."

"중원 상계를 좌지우지하는 가문이니까요. 무림으로 따지자면 소림사나 무당파, 남궁세가보다 더한 권세를 가지고 있는 곳입니다."

"헤에."

장신의 미녀가 놀랍다는 표정을 지었다.

석가장 역시 중원에 있기에 살아오면서 들어 본 적은 몇 번 있었다.

하지만 관심은 전혀 없었는데 이렇게 자세히 알고 보니 대단한 가문 같았다.

"물론 은인께서는 직계가 아닌지라 석가장 내에서 영향력은 그리 크지 않다고 들었습니다."

"그런 실력을 가지고서요?"

"알아본 바에 의하면 실력을 숨기고 계신 듯합니다."

"하긴. 그때도 별말 없이 그냥 떠나셨으니까요. 그게 저는 상계에 한 발을 담그고 계셔서 그런 건 줄 알았는데……."

날씬한 체격과는 어울리지 않게 거패도를 등에 메고 있던 팽나연이 몽롱한 표정을 지었다.

음적의 손에서 그녀를 구해 주던 당시를 떠올리는 것이었다. 그때의 광경은 화인처럼 그녀의 뇌리에 너무나 선명하게 남아 있었다.

특히 쌍색귀를 때려잡던 그 움직임은 더더욱 선명했다.

"저도 그렇게 생각했는데 은인에 대해 알아보니 일부러 숨기는 것 같았습니다. 무공을 익히는 건 알려져 있지만 수준에 대해서 정확히 알고 있는 사람은 없었습니다."

"근데 이렇게 말없이 찾아와도 될까요?"

팽나연이 쭈뼛거렸다.

막상 여기까지 오니 걱정이 되었던 것이다.

"아가씨께서 여기까지 오셨는데 설마 문전 박대하겠습니까? 놀라기는 해도 쫓아내지는 않을 것입니다."

"그렇겠죠?"

"예. 그리고 우리는 은인께 감사의 인사를 전하러 온 것이지 않습니까. 나쁜 의도로 방문한 것이 아니니 너무 걱정하지 마세요."

백상건의 말에 긴장으로 굳어졌던 팽나연의 표정이 조금은 풀렸다. 잘못한 것이 없는 만큼 굳이 걱정할 필요는 없을 것 같아서였다.

"후우."

"들어가시죠, 아가씨."

"예."

"어디에서 오셨습니까?"

수많은 사람들이 들락거리는 정문을 지키고 있던 위사가 조심스럽게 물었다.

둘 다 워낙에 거구이기에 자연스레 경계했던 것이다.

"하북팽가에서 왔소이다."

"하, 하북팽가요?"

"그렇소. 석진호 공자님을 뵈러 왔는데 기별을 넣어 주시겠소?"

"예에?"

하북팽가라는 네 글자에 위사가 경악했다.

다른 곳은 몰라도 오대세가 중 한 곳인 하북팽가를 모를 수가 없어서였다.

게다가 보통 사람들과는 다른 덩치는 의심 자체를 불식시켰다.

다만 문제가 있었다.

"석진호 공자님요?"

"그런 분이 계셨나?"

"호 자 돌림이면 서자 아닌가?"

"그, 그럴걸."

백상건이 미간을 좁혔다.

자신의 이목에서 벗어날 정도로 대단한 후기지수가 석가장에서 어떤 취급을 받고 있는지 이번 대화로 알 수 있어서였다.

그리고 그건 옆에 있던 팽나연도 마찬가지였다.

아니, 오히려 그녀는 대놓고 헛웃음을 흘렸다.

"모르시오?"

"자, 잠시만 기다려 주십시오! 바로 기별하겠습니다!"

정문 위사 두 명 중 한 명이 안으로 달려갔다.

한 명이 두 사람을 상대하는 사이 다른 위사가 윗선에 보고하기 위해 안으로 들어갔던 것이다.

"얼마나 걸릴 것 같소?"

"조금만, 조금만 기다리시면 될 것 같습니다, 대협!"

"흠!"

백상건의 표정이 굳어졌다.

그런데 그 모습에 정문 위사는 마른침을 삼켰다.

단순히 얼굴을 굳힌 것뿐인데도 왠지 모를 압박감이 전해져서였다.

'이게 진짜 무림 고수의 풍모인가.'

거구의 몸도 몸이었지만 풍겨 나오는 기도가 범상치 않았다.

석가장주를 지척에서 호위하는 무인들보다 더한 기도에 정문 위사는 새삼 하북팽가가 주는 무게감을 느낄 수 있었다.

"아니, 이게 누구십니까! 백 대협 아니십니까! 어? 패, 팽 소저까지?"

뚱한 얼굴로 기다리기를 잠시.

안쪽에서 일단의 무리가 헐레벌떡 달려왔다.

호위 무사들을 주렁주렁 달고서 한 명의 청년이 달려왔던 것이다.

그러나 청년을 본 백상건의 표정은 떨떠름했다.

"일이 좀 꼬이는 것 같습니다."

"긍정적으로 생각해요. 정문 위사들은 몰라도 형제는 알지 않겠어요?"

"그렇긴 합니다만."

백상건이 미간을 좁혔다.

헤벌쭉 웃으며 다가오는 청년을 보니 일이 쉽게만 풀릴 것

武人還生
무인환생

같지는 않아서였다.

"오랜만에 뵙습니다, 팽 소저!"

"아, 네."

"본장에는 어쩐 일이신지요? 아니, 미리 저에게 기별을 주셨으면……."

"석진호 공자님을 뵈러 찾아왔어요."

제9장 폭등하는 가치

가부좌를 틀고 있는 석진호의 미간이 꿈틀거렸다.

그가 익힌 혼원천뢰신공은 음양의 기운을 충돌시켜 세상에서 가장 강력한 뇌기를 얻는 심법이었다.

하지만 장단점이 명확했다.

상극의 기운을 충돌시키면서 생기는 폭발력으로 인해 공력을 빠르게 쌓을 수 있었지만 대신 그에 상응하는 고통을 얻었다.

괜히 세상에 공짜는 없다는 말이 있는 게 아니었다.

부르르르!

그래서인지 운기행공을 하는 내내 석진호의 몸은 부들부들 떨렸다.

영혼이야 고통에 익숙하다고 해도 육신은 아니었기 때문이다.

'예전에는 참 고생을 많이 했었지.'

명문 세가나 대문파에서 다시 살아난 적이 없는 석진호는 늘 바닥에서부터 시작해야 했다.

근골이 좋은 경우는 없었고 대부분이 딱 사지만 멀쩡한 정도였다.

그렇기에 석진호의 무공은 자연스레 무모함에 뿌리를 두고 시작할 수밖에 없었다.

덕분에 몸이 망가진 적이 셀 수도 없었고, 주화입마로 죽은 적도 많았지만 결과적으로 그 수많은 시행착오가 그를 천하제일인으로 만들어 주었다.

'그래도 속도가 너무 빨라.'

새벽과 저녁에는 음양의 기운을, 낮에는 양기를, 밤에는 음기를 흡수하며 혼원천뢰신공을 연공한 지 이제 겨우 반년이 될까 말까 한 시간이 지났다.

물론 태산에서 영초인 백년하수오를 섭취하긴 했지만 그럼에도 공력이 쌓이는 속도가 너무 빨랐다.

지금까지의 환생 중에서 가장 빠르다고 할 정도로 말이다.

'과한 건 좋지 않은 법인데.'

사실 성격 급한 것으로 따지자면 그도 누구에게 뒤지지 않았다.

무인환생

하지만 심신을 망가뜨리면서까지 서두를 필요는 없었다.

이미 수없이 많이 실패해 봤기에 석진호는 살짝 걱정이 들었다.

아직까지는 딱히 이상 징후가 보이지 않았지만 그래도 조심해서 나쁠 것은 없었다.

'설마 욕심을 버려서 그런가?'

운기행공을 마친 석진호가 고개를 갸웃거렸다.

밑바닥부터 시작했지만 그렇다고 상승 절학을 보지 못한 것은 아니었다.

불경과 도경을 시작해서 불도속(佛道俗)의 무학에 두루 능통한 것이 바로 그였다.

그래서인지 문득 이런 생각이 들었다.

"에이, 그럴 리가. 예전에 비하면 취미로 익히는데 그 마음가짐 때문에 성장이 빠르다니. 말이 안 되잖아?"

실소를 흘린 석진호가 자리에서 일어나자 방 한쪽 구석에 얌전히 앞발을 모으고 앉아 있던 흑휘가 다가왔다.

운기조식이나 운공을 할 때마다 이렇게 지그시 구경하는 일이 잦았기에 석진호도 이상하다 생각하지 않고 볼을 긁어 주었다.

냥! 냐아아앙!

"왜? 배고파? 간식 줄까?"

석진호의 손길이 기분 좋은 듯 흑휘가 꼬리를 살랑살랑 흔들며 연신 박치기를 했다.

더 쓰다듬어 달라고 조르는 것이었다.

"아니면 심심한 게냐?"

야옹.

석진호의 손길을 느끼던 흑휘가 고개를 저었다.

태산에서의 생활에 비하면 인간 세상은 온갖 즐거움과 구경거리로 넘쳐 났다.

거기다 안전했다.

적어도 석가장 내에서 석진호보다 두려운 존재는 없었기에 흑휘는 지금의 안락하고 편안한 생활이 너무나 마음에 들었다.

"그래도 언젠가는 야생으로 돌아가야 할 텐데 말이지."

냐아옹.

흑휘가 초롱초롱한 눈으로 석진호를 올려다봤다.

적어도 그가 죽지 않는 한 태산으로 돌아갈 생각은 없었다.

"뭐, 생일이 지나면 나갈 거니까. 그럼 영초나 좀 찾으러 다니자. 나도 쓸데가 있고, 네 간식 겸."

고로롱. 고로롱.

영초라는 말에 흑휘의 눈빛이 달라졌다.

아직도 흑휘는 태산에서 먹었던 산삼의 맛을 기억했다.

정확히 자신이 소화할 수 있는 산삼을 찾아 주던 석진호의

武人還生
무인환생

모습도 말이다.

"녀석."

골골거리며 몸을 비비는 흑휘의 궁둥이를 팡팡 두드려 준 석진호가 방을 나섰다.

그러자 마침 앞마당을 쓸고 있던 탁윤이 다가왔다.

"나오셨습니까."

"내가 준 약초는 잘 달여 먹고 있지?"

"예, 공자님."

"쓰더라도 참고 먹어. 원래 쓴 약이 몸에 좋은 법이야."

"알겠습니다."

탁윤이 순박한 미소를 지으며 고개를 끄덕였다.

사실 그에게 맛은 그리 중요하지 않았다.

석진호가 자신에게 주었다는 것이 중요했지.

그리고 자신에게 해가 되는 것을 줄 리가 없다는 걸 알기에 탁윤은 매일 정해진 시간에, 정해진 양을 먹었다.

"바르는 것은?"

"잠자기 전에 한 번씩 발라 주고 있습니다."

"귀한 약초지만 아끼지 말고 팍팍 발라. 다 쓰면 또 만들어 줄 테니까."

"예."

"그나저나 손님이 오는 모양인데……."

어느새 석진호의 어깨에 축 매달려 있던 흑휘가 귀를 쫑긋거렸다.

멀리서 이쪽을 향해 다가오는 기운이 느껴져서였다.

그런데 그중 두 개는 예전에 한번 느껴 봤던 기운들이었다.

냐아아옹.

"너도 느꼈구나?"

냥.

대답하듯 짧게 우는 흑휘의 모습에 석진호는 묘한 표정을 지었다.

거리가 상당했지만 그 역시 누가 찾아왔는지 모르지 않았던 것이다.

"누가 오는 겁니까?"

"공자님! 공자니임!"

탁윤이 큼지막한 눈을 끔뻑거리며 물을 때 월동문 너머에서 정마륭의 목소리가 들려왔다.

심부름을 하러 간 모양인지 밖에서 달려오고 있었는데 그의 음성에는 다급함이 가득했다.

"천천히 와라. 숨넘어가겠다. 그런데 내가 호흡이 제일 중요하다고 말했었던 것 같은데."

"지금 그게 중요한 게 아닙니다요! 일공자님이, 일공자님이 오고 계십니다!"

"일공자님이 오는 게 뭐 중요한 일이라고. 여기도 석가장

무인환생

인데.”

“하, 하북팽가의 사람들과 같이 오고 있습니다. 그것도 여기로요!”

충격적인 사실이라는 듯이 정마륭이 설레발을 떨었다.

석가장주의 장남인 석진룡이 오는 것도 놀라웠지만 하북팽가와는 감히 비교할 수 없었다.

무림에서도 명문 세가로 명망 높은 곳이 바로 하북팽가였기에 정마륭은 들뜬 기색을 감추지 못했다.

파팍!

결국 그 모습에 나선 것은 흑휘였다.

시끄럽다는 듯이 석진호의 어깨에서 번개같이 날아가 앞발로 번갈아 정마륭의 쌍싸대기를 때렸다.

“퀵!”

고개가 좌우로 돌아갈 만큼 강력한 연격에 정마륭이 바닥에 주저앉았다.

그런데 충격요법이 제법 효과가 있었는지 흥분했던 정마륭이 제정신을 차렸다.

“효과 만점인데.”

“형이 조금 불쌍해 보이기는 하지만요.”

“크게 다친 것도 아닌데, 뭐. 그리고 이것도 다 수련이야. 언제까지 흑휘에게 당하고만 있을 거야? 나 같으면 어떻게든 안 맞으려고 죽기 살기로 수련하겠다.”

"……더 열심히 하겠습니다."

석진호와 탁윤의 대화에 정마륭이 고개를 푹 숙였다.

그러나 두 주먹은 불끈 쥐여 있었다.

언젠가는 흑휘에게 한 방을 먹여 주겠다는 굳은 다짐이 서려 있는 양 주먹이었다.

"그렇다고 몸을 혹사시키진 말고. 그건 무식한 짓이야. 몸에 무리가 가지 않는 선에서 최대한 노력하는 게 중요해."

"명심하겠습니다."

석진호는 채찍만 휘두르지 않았다.

적당히 당근도 줄 줄 알았고, 그 말에 정마륭은 힘을 얻었다.

담금질도 너무 두드리기만 하면 결국에는 부서지는 법이었다.

"아아! 은인!"

그때 멀리서 미성이지만 우렁찬 느낌의 목소리가 들려왔다.

정확히 그를 지칭하면서 늘씬한 여인이 성큼성큼 다가왔던 것이다.

하지만 석진호의 시선은 그녀가 아닌 뒤따르고 있는 청년에게로 향했다.

살아오면서 몇 번 마주친 적 없는, 가족 행사가 있을 때에도 얼굴을 보기 힘든 일공자 석진룡이 얼굴을 잔뜩 구긴 채

武人還生
무인환생

로 다가오는 게 먼저 보였던 것이다.

'일이 재미있게 흘러가는데?'

표정만 봐도 석진호는 석진룡의 생각을 알 수 있었다.

아니, 못마땅한 기색을 얼굴 가득 드러내는데 알지 못하면 그게 더 이상했다.

마치 너 따위가 어떻게 팽나연에게 은인 소리를 들을 수 있냐는 듯한 눈빛에 석진호는 입꼬리를 말아 올렸다.

"소녀 팽나연, 은인께 인사 올립니다."

"갑자기 찾아와서 죄송합니다. 그런데 저희 가주님께서 구명지은을 입었는데 어찌 가만히 있을 수 있냐며 성을 내셔서 이렇게 석 공자님을 찾아오게 되었습니다. 기분이 상하셨다면 죄송합니다, 석진호 공자님."

날듯이 다가와 인사하는 팽나연과 달리 백상건은 거구에 어울리지 않게 시종일관 정중한 태도로 고개를 숙였다.

혹시나 석진호의 심기에 거스를까 봐 조심하는 기색이 역력했다.

그리고 그 모습에 안내인처럼 같이 왔던 석진룡이 두 눈을 부릅떴다.

보고도 믿기지 않는 광경에 놀란 것이었다.

"기분이 상하지는 않았습니다. 약간 놀랐을 뿐이지요. 설마 여기까지 찾아오실 줄은 몰랐거든요."

"팽가가 있는 북경과 석가장은 어떻게 보면 지근거리이지 않습니까. 특히 무인들에게는 그리 먼 거리가 아니지요."

조심스럽게 석진호의 표정을 살피던 팽나연이 환하게 웃으며 대답했다.

혹시라도 석진호가 싫어하지는 않을까 조마조마한 심정이었는데 다행히 분위기는 나쁘지 않았다.

"그렇긴 하지만 또 어떻게 보면 거리가 중요한 것은 아니니까요."

"하북팽가는 은혜를 잊지 않습니다. 원한 또한 마찬가지고요. 더구나 아가씨하고 연관된 일이니 더더욱 그냥 넘어가실 수 없다고 하셨습니다. 저희 가주님께서요."

"그냥 넘어가도 됩니다만."

"절대 그럴 수 없습니다."

석진호와 팽나연의 사이에서 분위기를 연신 살피던 백상건이 단호하게 고개를 저었다.

다른 이도 아니고 팽 가주의 막내딸인 팽나연이 죽을 뻔한 사건이었다.

그것도 색마에게 간살을 당할 뻔했기에 팽 가주는 물론이고 백상건 역시 이대로 흐지부지 지나가서는 안 된다고 생각했다.

"세간에 알려져서 좋은 일도 아니니 그냥 묻히는 게 나을 것 같습니다만."

"그 부분에 대해서는 걱정하지 않으셔도 됩니다. 본가는

武人還生
무인환생

하북팽가니까요."

"하긴. 저만 조심하면 되겠네요."

"아, 꼭 그것을 부탁하기 위해 찾아온 것은 아닙니다 만……!"

백상건이 황급히 손사래를 쳤다.

꼭 그 이유 때문에 석진호를 찾아온 것은 아니었기에 그는 당혹스러운 얼굴로 고개를 크게 저었다.

"일단 들어오시죠. 여기까지 찾아오셨는데. 다만 보셔서 아시겠지만 제 처소가 조금 누추한 편이라."

"괜찮습니다."

"저는 아담하고 좋은데요?"

입에 발린 말이 아니라 석진호의 처소는 정말 작았다.

적자가 아닌 서출들에게 주어지는 곳이니만큼 화려함과는 거리가 멀었다.

곁에 있는 석진룡의 처소의 반의반도 안 될 정도로 말이 다.

게다가 상주하는 하인 역시 정마륭이 들어오기 전에는 소하정과 탁윤이 전부였고.

"그렇다면 다행이네요."

"잠시 실례하겠습니다."

자연스럽게 석진호의 안내에 따라 월동문을 지나 안으로 들어가는 팽나연과 달리 백상건은 몸을 돌렸다.

두 사람이 들어가려고 하자 석진룡이 자연스럽게 따라 들어오려고 해서였다.

그리고 그 이유를 석진호는 너무나 잘 알았다.

"얼마든지."

"석진룡 공자."

석진호의 허락에 백상건이 석진룡을 돌아봤다.

그런데 그의 눈빛과 태도는 방금 전 석진호를 대할 때와는 너무나 달랐다.

똑같이 정중하기는 했지만 눈빛이 완전히 달라졌던 것이다.

"왜 그러십니까, 백 대협?"

"안내해 준 점은 고맙네만 이만 돌아가 주었으면 하는군. 석진호 공자와 긴히 할 이야기가 있어서 말일세."

"저도 같이 들으면 안 되는 일입니까?"

석진룡이 당혹스러운 표정으로 물었다.

다른 곳도 아니고 여기는 석가장이었다.

또한 후계자로 정해지지 않았지만 그는 대공자라고도 불리는 일공자였다.

그런 자신에게 돌아가라고 하자 석진룡은 당황스러웠다.

"말했다시피 중요하게 나눌 대화가 있어서 말일세."

"……알겠습니다."

단호하게 선을 긋는 백상건의 모습에 석진룡은 일단 물러

무인환생

났다.

더 말해 봤자 달라지지 않을 것임을 눈치로 알 수 있어서였다.

게다가 백상건 같은 성격의 무인에게 조르듯이 말하는 것은 결코 좋지 않았다.

"이해해 줘서 고맙군."

"하면 저녁때 식사라도 같이하시는 건 어떻습니까? 그래도 본장에 찾아오신 손님인데 제대로 대접하고 싶습니다."

하지만 그냥 물러나지는 않았다.

이런 기회를 가만히 두고 보기만 한다는 것은 장사꾼으로서 말도 되지 않았다.

더구나 하북팽가라면 친하게 지내서 결코 나쁠 것이 없었다.

'안 그래도 슬슬 혼인에 대해서 생각하고 있었는데 말이지.'

석진룡의 시선이 넷째와 화기애애하게 대화를 나누고 있는 팽나연에게 슬쩍 향했다.

여자치고 상당히 큰 키였지만 워낙에 비율이 좋아서 그런지 크다기보다는 조각품 같은 느낌이 들었다.

게다가 늘씬하면서도 나올 곳은 나오고 들어갈 곳은 들어가 있는 게 그의 심장을 자극했다.

무재 역시 두 오빠들보다 더 뛰어나다고 알려진 게 팽나연이었고.

'예로부터 강골을 가지고 태어나는 게 하북팽가였지. 그 말 인즉 석가의 근골 역시 바꿀 수 있다는 뜻.'

오래전부터 강골로 유명했던 가문이 하북팽가였다.

반면에 석가장의 자손들은 늘 근골이 좋지 않았다.

막대한 금력을 이용해 명문 무가의 여식들과 혼례를 올려 어떻게든 체질을 변화시키려고 노력해 봤지만 지금까지 큰 변화는 없었다.

그래서 석진룡은 팽나연이 더욱더 탐이 났다.

'본장의 금력에 무력까지 손에 넣는다면 천하제일가가 되 는 것도 불가능은 아니다. 처음에는 십대세가, 그다음은 오 대세가, 그리고 결국 남궁세가를 제치고 천하제일가에 오르 는 거지.'

석진룡의 두 눈에서 야망이 활활 불타올랐다.

석가장주처럼 그 역시 큰 그림을 그렸던 것이다.

하지만 그 기색은 창졸간에 사라졌다.

굳이 지금 이 자리에서 드러낼 필요는 없다고 생각해서였 다.

"생각해 보겠네."

"장주님께서도 백 대협과 팽 소저를 뵙고 싶어 하실 겁니 다."

"고려해 보지."

백상건은 확실하게 말하지 않았다.

무인환생

두 사람은 석진호를 찾아온 것이지 석가장주나 석진룡을 만나러 온 게 아니었다.

그리고 선택권은 그가 아닌 팽나연이 쥐고 있었다.

"좋은 소식 기다리겠습니다, 그럼."

시종일관 웃는 얼굴로 석진룡이 정중하게 고개를 숙였다.

그런 찰나에 석진호를 노려보는 것도 잊지 않았다.

팽나연과 대화를 나누는 모습이 그에게는 상당히 고까워 보여서였다.

'대체 둘 사이에 무슨 일이 있기에 은인이라는 거지?'

대답 없이 몸을 돌리는 백상건의 뒷모습을 보며 석진룡이 미간을 좁혔다.

방금 전까지의 사람 좋아 보이는 표정과는 완전히 다른 표정이었다.

"야."

"예, 공자님."

"저 녀석과 하북팽가 사이에 무슨 일이 있는지 알아봐."

"예?"

석진룡의 곁에 조용히 서 있던 호위 무사가 두 눈을 동그랗게 떴다.

석가장 내에서야 출중한 실력자였지 중원 전체에 놓고 보면, 아니 하북성만 한정해도 그는 딱히 특별할 게 없는 무인이었다.

반면에 백상건은 붕산철권(崩山鐵拳)이라 불리는 고수였다.

심지어 하북팽가 내에서도 열 손가락 안에 들어가는 고수가 그였기에 호위 무사가 당혹스러운 표정을 지었다.

"그래서 못 하겠다고?"

"……노력해 보겠습니다."

"노력만 하지 말고 결과를 가져와. 내가 만족할 수 있는. 필요한 게 있으면 말하고. 모든 지원을 다 해 줄 테니."

"……예."

호위 무사의 표정이 썩어 들어갔다.

말이 전폭적인 지원이지 실제로 큰 도움은 안 된다는 걸 너무나 잘 알아서였다.

갑자기 찾아온 손님에 소하정이 부산스럽게 움직였다.

외부에서 석진호를 찾아온 건 이번이 처음이었기에 유난 아닌 유난을 떨었던 것이다.

더구나 그 손님이 무림에서도 명성 높은 하북팽가였기에 소하정은 정신없이 움직이며 다과상을 준비했다.

"앉으시죠."

요란을 떠는 소하정과 달리 석진호는 담담하게 두 사람을 방 안으로 안내했다.

武人還生
무인환생

따로 접객실을 가지고 있을 정도로 큰 건물이 아니었기에 석진호는 자신의 방으로 두 사람을 들였다.

"실례하겠습니다."

"누추한 만큼 편하게 앉으시면 됩니다. 관리는 유모가 매일 해서 보기와 달리 깨끗합니다."

"저희도 막 그렇게 깔끔하게 하고 살지는 않습니다, 허허헛!"

"삼촌도 참."

팽나연이 곱게 눈을 흘겼다.

아무리 예의상 하는 말이라지만 굳이 그렇게까지 말할 필요는 없다고 생각해서였다.

냐아옹.

그때 열린 창문 사이로 흑휘가 모습을 드러냈다.

처소 주변을 한 바퀴 돈 후 석진호를 따라 안으로 들어왔던 것이다. 그러고는 자연스럽게 석진호의 다리 옆에 앞발을 모으고 앉았다.

"어머머!"

그 모습에 팽나연의 두 눈이 초롱초롱해졌다.

백상건과 달리 그녀는 흑휘에게서 눈을 떼지 못했다.

웅야앙~.

하지만 팽나연의 부담스러운 눈빛에도 흑휘는 늘어지게 하품을 했다.

석가장 내의 인간들과 비교하면 강한 존재들이었지만 그렇다고 특별하지는 않았기에 딱히 관심을 보이지 않았다.

"우리는 구면이지?"

누가 봐도 만져 보고 싶다는 얼굴로 팽나연이 입을 열었다.

그러나 흑휘의 표정은 시큰둥했다.

주인인 석진호가 팽나연과 백상건에게 크게 관심이 없다는 걸 잘 알아서였다.

소하정이나 탁윤이라면 모를까 팽나연에게는 애교를 부릴 필요가 없다는 듯이 흑휘가 이내 눈을 감았다.

"히잉."

조금의 관심도 없다는 듯이 고개까지 앞발에 붙이고 두 눈을 감는 흑휘의 모습에 팽나연이 자기도 모르게 아쉬운 소리를 흘렸다.

고양이인 만큼 애교가 많을 거라 생각하지는 않았지만 그래도 구면이기에 내심 기대를 했었다. 그런데 역시나 흑휘는 그녀의 기대를 충족시켜 주지 않았다.

"낯을 좀 가리는 녀석이라."

"어려서부터 키우신 건가요?"

"아뇨. 태산에서 만났습니다. 어쩌다 보니 인연이 이어졌다고나 할까요."

"태산요."

팽나연이 눈이 반짝였다.

무인환생

그녀와 석진호가 만난 곳 역시 태산이었기에 팽나연은 반사적으로 반응했다.

똑똑똑.

"도련님, 간단하게 다과상을 차려 왔어요."

"응. 들어와."

흑휘로 인해 자연스럽게 대화의 물꼬를 텄을 때 문밖에서 소하정의 목소리가 들려왔다.

이윽고 작은 쟁반에 단출한 다과상을 차려 온 소하정이 조심스럽게 다호와 찻잔을 내려놓았다.

"얘기 나누세요."

"고생했어, 유모."

"별말씀을요. 그럼."

외부에서 손님이, 그것도 명망 높은 하북팽가에서 석진호를 직접 찾아왔다는 말에 소하정은 입이 귀에 걸린 것처럼 웃으며 고개를 젓고는 발소리 없이 밖으로 나갔다.

그 모습을 잠시 지켜본 석진호는 이내 다호의 손잡이를 잡았다.

"지금이 딱 좋은 온도네요. 드시죠."

"감사합니다."

"조촐하지만 맛은 있을 겁니다. 유모의 솜씨가 아주 좋거든요."

석진호가 자신 있는 얼굴로 말했다.

비싸거나 고급지지는 않았지만 맛은 확실했기에 석진호는 호언장담했다.

"진짜 맛있어요."

"솜씨가 좋으시네요."

"그렇죠? 후후!"

두 사람의 진심이 담긴 대답에 석진호가 흡족한 얼굴로 차를 한 모금 들이켰다.

그러고는 담담한 눈빛으로 둘을 번갈아 쳐다봤다.

"다시 한번 정식으로 사과드릴게요, 은인. 저희가 너무 갑자기 찾아와서 죄송해요."

"아닙니다. 하북팽가의 입장이라는 것도 있으니까요."

"그냥 지나치는 건 저 스스로가 용납할 수가 없어서요."

석진호의 눈치를 살피던 팽나연이 조심스럽게 말문을 열었다. 그런데 의외로 석진호는 놀라거나 기분 나쁜 기색이 아니었다.

"팽 소저 입장에서는 그럴 수 있지요. 충분히 이해합니다."

"나름 조용히 찾아뵌다고 찾아왔는데 일을 키운 건 아닌지 모르겠습니다."

"장주님이나 일공자는 놀란 것 같지만 저는 괜찮습니다."

백상건이 자연스럽게 팽나연을 거들었다.

그러면서 그는 다시 한번 확신할 수 있었다.

석진호가 보통의 후기지수와는 다르다는 걸 말이다.

특히 그는 한창 혈기 왕성한 나이임에도 마치 노회한 중견 고수처럼 팽나연을 여인이 아닌 일개 사람 대하듯 대하고 있었다.

'본능은 어쩔 수가 없는데 말이지.'

가까운 예로 백상건은 여기까지 안내해 준 석진룡을 떠올렸다. 나름 표정 관리를 한다고 했지만 노련한 그의 눈을 피하기는 힘들었다.

팽나연 역시 알고 있을 테고 말이다.

"민폐를 끼쳐서 죄송해요."

"그 정도는 아닙니다."

"저기……."

빙그레 웃으며 고개를 젓는 석진호를 마주 보며 팽나연이 품속에서 조그마한 무언가를 꺼냈다.

고급스러운 비단으로 포장되어 있는 것이었는데 그걸 팽나연은 석진호에게 내밀었다.

"이건?"

"빈손으로 찾아뵙는 건 예의가 아니라고 배워서요. 그리고 구명지은에 대한 보답을 꼭 하고 싶었고요. 물론 이렇게 따로 대화도 나눠 보고 싶었어요."

새하얀 팽나연의 얼굴에 옅게 홍조가 돌았다.

그러면서 슬쩍 시선을 피했다.

마지막 말은 마주 보며 하기 힘들어서였다.

"선물을 받을 정도는 아닙니다만."

"아버지께서도 절대 그냥 넘어갈 수 없다고 하셔서요."

팽나연이 단호한 얼굴로 말했다.

다른 것도 아니고 구명지은이었다.

게다가 간살을 당할 뻔했었기에 그녀는 절대 그냥 넘어갈 수 없다는 듯이 강하게 고개를 저었다.

"으음."

그러나 석진호는 섣불리 팽나연이 내민 선물을 받지 않았다.

두 사람이 이러는 게 이해가 가기는 했지만 그렇다고 꼭 선물을 받을 필요는 없다고 생각해서였다.

또 이걸 받으면 알게 모르게 하북팽가와 엮일 것만 같기에 석진호는 지그시 포장된 비단을 내려다보기만 했다.

"본가에 좋은 병장기가 제법 많은데 권장각을 주로 사용하시는 것 같아서 이걸 준비했어요."

"안 받으면 안 되겠지요?"

"저는 공자님께서 꼭 받아 주셨으면 좋겠어요."

작은 얼굴 때문에 더욱 크게 느껴지는 두 눈이 석진호를 직시했다.

묘한 열기를 품고서 그를 똑바로 쳐다봤던 것이다.

"생각하시는 것만큼 대단한 건 아닙니다. 그러니 부담 가지시지 않아도 됩니다."

武人還生
무인환생

"그럼 일단 확인만 할까요."

석진호가 손을 뻗어 앞에 놓인 물건을 들었다.

그러고는 곱게 포장된 비단을 천천히 풀었다.

한데 모습을 보인 물건을 본 석진호의 동공이 살짝 커졌다.

"제가 사용하는 신분패와 똑같은 신분패입니다. 그걸 이용하면 여러 가지 혜택을 누릴 수 있습니다. 금전적으로도 지원을 받을 수 있고요. 금액이 정해져 있지만 적은 금액은 결코 아닙니다."

"……작은 선물이 아닙니다만."

고급스러워 보이는 금패를 보며 석진호가 쓴웃음을 지었다.

한눈에 봐도 아무에게나 주지 않는 물건임을 알 수 있어서였다.

"하지만 아가씨만큼 중요하지는 않습니다."

"그렇긴 합니다만."

"가주께서도 승인하셨습니다."

떨떠름한 표정의 석진호를 향해 백상건이 입을 열었다.

표정을 보아하니 부담스러워하는 것 같아서였다.

다른 후기지수였다면 냉큼 받아 챙겼을 텐데 말이다.

"그러니 부담 없이 사용하시면 됩니다."

"안 받으면……."

"아마 아가씨께서 받으실 때까지 안 움직이실 겁니다. 고집이 좀 세셔서요."

백상건이 농담하듯 웃으며 말했다.

하지만 진지한 팽나연의 표정을 본 석진호는 장담할 수 있었다.

이게 꼭 농담만은 아니라는 사실을 말이다.

"일단은 받아 두겠습니다."

"감사합니다."

"그 말은 제가 해야 할 것 같습니다만."

석진호가 쓴웃음을 지었다.

누가 선물을 주고 누가 받는 건지 알 수가 없어서였다.

하지만 한 가지 확실한 것은 그에게도 나쁘지만은 않다는 점이었다.

대신 족쇄가 될 수도 있지만 말이다.

'적당히 사용하면 되지, 적당히.'

안 그래도 향후 그의 계획에서 가장 중요한 문제가 바로 돈이었다.

그런 만큼 융통할 수 있는 방법이 생겨서 나쁠 것은 없다.

제10장 이제 와서?

"하압! 합!"

"기합에만 힘을 주지 말고 몸에도 힘을 줘."

"예!"

서서히 정오를 향해 가는 시간에 앞마당에서 정마룡이 땀을 뻘뻘 흘려 가며 수련하고 있었다.

그리고 그의 옆에서는 탁윤이 우직하게 자리를 지키며 무공 수련에 매진했다.

"말로만 대답하지 말고. 팔에 힘이 너무 과하게 들어갔잖아. 혼쾌십삼식(魂快十三式)은 쾌도지만 쾌도는 단순히 빠르다고 해서 다가 아니야. 혼쾌십삼식의 이름이 왜 혼쾌십삼식인지를 이해해야 해."

"명심하겠습니다!"

"대답만 잘하지 말고. 생각하면서 도를 휘두르라고, 생각을 하면서."

석진호의 미간이 잔뜩 찌푸려져 있었다.

애초에 재능이 없다는 것을 알고 있었지만 답답하게 도를 휘두르는 모습을 보니 머리가 아팠다.

하지만 그 이상 닦달하지는 않았다.

그도 답답하지만 당사자만큼은 아니라는 걸 너무나 잘 알아서였다.

'나 역시 그랬으니까.'

지금껏 단 한 번도 재능이 충만했던 적이 없던 석진호였다.

괜히 태극번천무를 창안한 게 아니었다.

선천적으로 타고나지 못했기에 후천적으로 어떻게든 바꾸려고 했고, 그렇게 탄생한 것이 바로 태극번천무였다.

"정말 죽어라 고생했었지."

그르릉. 크르릉.

석진호의 고개가 돌아갔다.

담장 위에 엎드려 있는 흑휘가 마치 무녀의 춤사위를 보는 듯한 표정으로 정마룡을 보며 웃고 있는 모습에 석진호 역시 실소를 흘렸다.

"그래도 차차 나아지고 있으니까. 윤이는 걱정할 필요 없

무인환생

고."

의외로 오성이 나쁘지 않은 탁윤은 이류 무공에도 쩔쩔매
고 있는 정마륭과 달리 일류 무공이라 할 수 있는 맹호팔권
(猛虎八拳)을 어렵지 않게 수련하고 있었다.

하나를 가르치면 하나도 겨우 이해하는 정마륭과는 다르
게 혼자서 두세 개는 이해했기에 석진호는 한결 편하게 지켜
볼 수 있었다.

"실례합니다."

석진호가 팔짱을 끼고서 탁윤과 정마륭의 무공 수련을 지
도해 주고 있을 때 월동문에서 익숙한 목소리가 들려왔다.

석가장에 온 후 매일같이 여기를 들락거리는 두 사람이 등
장한 것이었다.

배정받은 처소가 내원에 있음에도 불구하고 팽나연과 백
상건은 아침 식사가 끝나자마자 이곳을 찾았다.

"잘 주무셨어요?"

"아, 네."

"말은 언제 편하게 하실 거예요?"

평소와 다름없이 등에 거패도를 멘 채로 방문한 팽나연이
빙긋 웃으며 말했다.

나이가 동갑이기에 자연스레 말을 놓자고 했음에도 석진
호는 벽을 세우듯 좀처럼 말을 편하게 하지 않았다.

"팽 소저도 마찬가지이지 않습니까."

"석 공자님이 편히 하셔야 저도 편히 하죠."

"편해지면 그때 놓겠습니다."

"그런 날이 오기는 할까요?"

팽나연이 장난치듯 웃으며 말했다.

그래도 며칠 동안 붙어 있었다고 그녀는 처음보다 훨씬 편하게 석진호를 대했다.

"언젠가는 오겠지요. 근데 언제까지 머무르실 생각입니까?"

"저희가 불편한가요?"

"저는 괜찮습니다만."

석진호의 시선이 수련을 멈추고 어색하게 서서 인사하는 정마룡과 탁윤에게로 향했다.

그러나 둘 중에 시선이 오래 머무르는 쪽은 정마룡이었다.

처음 만났을 때와 마찬가지로 정마룡은 아직도 팽나연의 미모에 정신을 차리지 못했다.

"편한 시간을 말씀하시면 그때 다시 올게요."

"그 정도까지는 아닙니다. 두 사람이 익히고 있는 무공이 특별한 것도 아니고."

"윤이가 수련하는 권공은 일류 무공으로 보이는데요?"

"하북팽가의 방계들이 익히는 무공들과 비슷한 수준일 겁니다."

석진호의 말에 팽나연과 백상건이 살짝 놀란 표정을 지었

武人還生
무인환생

다.

안 그래도 둘 다 같은 생각을 하고 있었기에 두 사람은 눈을 동그랗게 뜨고서 석진호를 쳐다봤다.

"그걸 어떻게 아세요?"

"태산에 가는 길에 우연찮게 본 적이 있어서요."

석진호가 어물쩍 넘어갔다.

전생에서 수도 없이 겪어 봤다는 말을 할 수는 없어서였다.

"아, 그럴 수도 있겠네요. 근데 공자님은 수련 안 하세요?"

"저는 따로 하고 있습니다. 지금은 둘을 봐주는 게 더 중요해서요. 기초를 잘 다져 놓아야 상승의 경지에 오르는 데 유리하니까요."

"그렇죠."

팽나연이 맞장구를 치며 석진호의 눈치를 살폈다.

누가 봐도 할 말이 있는 것처럼 그를 힐끔거렸던 것이다.

"저에게 하고 싶은 말이 있으십니까?"

"혹시 폐가 안 된다면 저와 대련을 해 주실 수 있으세요?"

"대련 말입니까?"

"네!"

팽나연이 두 눈을 초롱초롱하게 빛내며 대답했다.

시일이 꽤 지났지만 아직도 그녀의 뇌리에는 쌍색귀를 때려잡던 석진호의 모습이 선명하게 남아 있었다.

아름다우면서도 파괴적인 그날의 움직임이 말이다.

"대련이라."

다만 석진호는 곧바로 가부를 대답하지 않았다.

대신 정마룡과 탁윤을 번갈아 쳐다봤다.

자신에게야 이득은 없지만 둘은 달랐다.

"싫으시면 거절하셔도 돼요."

"하죠."

"정말요?"

"예. 둘에게도 좋은 공부가 될 테니까요. 마룡아, 네 도 좀 다오."

석진호가 정마룡을 향해 손을 뻗었다.

그런데 그 모습에 팽나연은 물론이고 백상건 역시 놀란 표정을 지었다.

쌍색귀를 두 손으로 때려잡았기에 당연히 권장각을 사용할 줄 알았는데 도를 달라고 하자 둘은 동시에 서로를 쳐다봤다.

석진호에 대해 알아볼 때 어디서도 검이나 도를 사용했다는 말이 없었기에 둘 다 놀란 것이었다.

"도를 사용할 줄 아세요?"

"예."

석진호가 짧게 대답했다.

사실 그는 도뿐만 아니라 웬만한 병기는 다 다룰 줄 알았

武人還生
무인환생

다.

수많은 환생을 겪으면서 기본적으로 십팔반병기는 한 번씩 다 수련했던 것이다.

물론 대부분은 수박 겉핥기식으로, 주 병기라고 할 수 있는 건 검과 도, 창 정도였다.

"그럼 도도 한 자루 가지고 올 걸 그랬어요. 본가의 대장간에서 만드는 도의 품질은 정말 좋거든요."

"들은 적이 있습니다. 하북팽가에서 만든 도는 하나같이 상등품의 뛰어난 물건이라고요."

"제 애도도 본가에서 직접 만든 도예요."

팽나연이 자랑스럽게 등에 메고 있던 거패도를 꺼내 들었다.

여인이 사용하기에는 엄청나게 큰 도였지만 이상하게도 팽나연이 들고 있자 너무나 잘 어울렸다.

"명품이군요."

"도를 주로 사용하시면 제가 따로 본가에 말해 놓을게요."

팽나연이 쓸데없이 또 눈을 빛냈다.

안 그래도 신분패 하나로는 부족하다고 생각했는데 좋은 선물거리를 찾은 것 같아 그녀는 기분이 좋아졌다.

"마음만 받겠습니다. 도도 다룰 줄은 알지만 지금 꼭 필요한 건 아닌지라."

"혹시 다른 병기도 다룰 줄 아시나요?"

팽나연이 혹시나 하고 물었다.

왠지 느낌이 도만 다룰 것 같지는 않아서였다.

"예. 기본적인 수준이지만요."

"역시."

"그럼 시작할까요. 선공을 양보하겠습니다."

정마룡이 수련용으로 사용하던 도를 편하게 늘어뜨리며 석진호가 말했다.

그런데 그 배려에 팽나연이 눈을 빛내며 얼굴을 굳혔다.

언제 헤실거렸냐는 듯이 한순간에 집중했던 것이다.

그리고 그건 떨어져 있던 백상건도 마찬가지였다.

'어디 한번 실력을 봐 볼까.'

팽나연의 호위 무사가 아닌 한 명의 무인으로 돌아온 백상건이 냉정한 눈빛으로 석진호를 쳐다봤다.

쌍색귀를 홀로 제압한 이가 석진호였다.

그렇기에 백상건은 석진호의 실력은 조금도 의심하지 않았다.

다만 그가 궁금한 것은 석진호의 경지였다.

'쌍색귀의 악명이 대단하다고 하나 그때 당시 아가씨는 산공독에 중독된 상태였다. 몸 상태가 정상이었다면 제아무리 쌍색귀라고 하더라도 쉽지 않았을 게 분명하다. 쌍색귀 역시 그 사실을 알기에 은밀히 산공독을 살포한 것이고.'

백상건은 냉정하게 생각했다.

무인환생

그때 당시의 상황을 냉철하게 따져 봤던 것이다.

비록 산공독에 중독되었다고 하나 쌍색귀는 팽나연을 상대한 뒤였다.

그리고 팽나연은 백도 최고의 후기지수라 불리는 육룡(六龍)들과 비교해도 크게 뒤처지지 않는 실력을 지니고 있었다.

'그 말은 달리 말하면 육룡을 제외하면 아가씨와 비교할 만한 이들이 없다는 뜻이지.'

남자에 비해 여인은 근본적으로 근력이 떨어질 수밖에 없다.

하지만 하북팽가의 강골을 물려받은 팽나연은 사내와 비교해도 근골이 크게 차이 나지 않았다.

거기다 기술적으로도 상당히 뛰어났기에 백상건은 제아무리 석진호가 천재라고 하더라도 팽나연을 쉽게 쓰러뜨리지는 못할 거라 예상했다.

"후우."

한편 팽나연은 석진호를 앞에 두고서 심호흡을 했다.

너무나 바랐던 대련이지만 그렇기에 긴장도 되었다.

백상건과 달리 그녀는 석진호의 실력을 두 눈으로 똑똑히 봤었기에 방심이라는 단어는 생각도 하지 않았다.

오히려 그 어느 때보다 집중했다.

"천천히 준비하셔도 됩니다. 시간은 많으니까요."

"기다려 주셔서 감사합니다. 그럼 가겠습니다."

소녀와도 같은 눈빛은 사라지고 한 명의 도객이 석진호의 앞에 나타났다.

　모든 감정을 정리하고 오로지 승부에만 집중하는 무인이 되었던 것이다.

　그러한 팽나연의 모습에 석진호는 자기도 모르게 엷게 미소를 지었다.

　무인으로서 팽나연의 열정과 집념을 지금 이 순간 느낄 수 있어서였다.

　타앗!

　준비를 마친 팽나연은 한 마리의 야수처럼 석진호에게 달려들었다.

　오직 승부에만 집중하며 처음부터 전력으로 건곤연환탈백도를 펼쳤던 것이다.

　파파파팟!

　날카로운 도기가 솟아남과 동시에 수많은 도영(刀影)이 허공을 가득 채웠다.

　무공 이름처럼 거패도가 쉴 새 없이 휘둘리며 참격을 뿌려 댔던 것이다.

　마치 허공을 찢어발기는 것과 같은 공세에 석진호의 옷이 거칠게 펄럭였다.

　카가가각!

　예리한 도기는 허공은 물론이고 앞마당 바닥도 갈랐다.

武人還生
무인환생

하지만 맹렬한 기세와 달리 석진호의 몸에 닿는 도기는 없었다.

쉴 새 없이 휘몰아치는 연환격에 옷이 베일 법도 한데 아직까지 그런 기미는 보이지 않았다.

카가가강!

이윽고 석진호의 도가 움직였다.

화려하다 못해 현란한 팽나연의 공격과 달리 그의 움직임은 간결했다.

동작이 크지도, 그렇다고 힘을 준 것 같지도 않았다.

그런데 신기하게도 팽나연의 도세가 크게 흔들렸다.

까앙! 깡!

심지어 어린아이 키만 한 거패도와 정면으로 부딪치는데도 석진호의 도는 조금도 밀리지 않았다.

오히려 팽나연의 균형이 서서히 흔들렸다.

그 정도로 석진호가 휘두르는 도에는 거력이 담겨 있었다.

'흡!'

거패도를 붙잡고 있는 손목에서 느껴지는 저릿함에 팽나연이 입술을 깨물었다.

힘으로는 누구에게도 지지 않는다고 생각했는데 그게 착각임을 그녀는 다시 한번 깨달았다.

더구나 표정을 보면 석진호는 그다지 힘을 쓰고 있지도 않았다.

동작도 힘이나 체중을 실을 정도로 크지 않았고.

'힘은 비슷해. 그런데도 밀리는 건 기술 때문이야. 석 공자님은 타점을 정확히 파악하고 있어. 게다가 속도와 힘의 완급 조절이 완벽에 가까워. 그런데……'

팽나연의 동공이 흔들렸다.

기술도 기술이지만 그녀가 놀란 건 다른 것 때문이었다.

그렇기에 팽나연은 믿을 수 없는 눈빛으로 석진호를 쳐다봤다.

쌔애액!

물론 생각을 하는 사이에도 팽나연은 공격하는 것을 멈추지 않았다.

이런 대련이 자신에게 얼마나 큰 도움이 되는지 너무나 잘 알아서였다.

게다가 석진호는 그녀가 여자라고 해서, 하북팽가주의 딸이라고 해서 봐주지 않았다.

터엉!

도를 들었다고 해서 도만 사용하지도 않았고 말이다.

권장각도 절묘하게 사용하며 몰아붙이는 석진호의 공격에 팽나연은 점차 수세에 몰렸다.

하지만 그녀가 놀란 것은 뛰어난 기술도, 다재다능한 무공도 아니었다.

'왜 본가의 무공을 알고 있는 것 같은 거지? 마치 내가 다

음에 펼칠 수법을, 초식과 투로를 다 알고서 피하는 느낌이
야.'

노련한 대응도 놀라웠지만 그녀를 경악게 하는 것은 바로
이 점이었다.

마치 하북팽가의 무공을 꿰뚫어 보는 듯한 움직임에 팽나
연은 정신을 차릴 수가 없었다.

스윽.

팽나연이 충격에서 헤어 나오지 못하는 사이 석진호의 도
극이 그녀의 목 앞에 놓였다.

한순간의 빈틈을 석진호는 놓치지 않았다.

"아…….."

거패도를 반쯤 휘두르던 자세에서 멈춰 선 팽나연이 얼굴
가득 아쉬운 표정을 지었다.

충격과 공포의 시간이었지만 반대로 그렇기에 그녀에게는
더할 나위 없이 유익한 시간이기도 했다.

그래서 그녀는 얼굴 가득 아쉬운 표정을 지었다.

"조언을 좀 해 드려도 되겠습니까?"

"물론이에요. 오히려 제가 부탁드리고 싶어요."

"기술도 운용도 좋은데 너무 정직합니다. 물론 그렇다고
해서 실전 경험이 없다는 뜻은 아닙니다. 다만 조금은 변칙
적인 공격을 추가하면 좋을 것 같습니다."

"변칙적인 공격이라."

팽나연이 조언을 곱씹었다.

안 그래도 그녀 역시 근래 들어 그 부분을 고민하는 중이었다.

초식을 숙달시키면서 자연스레 공식처럼 이어지는 연계가 있었다.

그런데 너무 연습을 해서 그런지 그것을 바꾸기가 쉽지 않았다.

일종의 안 좋은 습관이 생긴 것이다.

석진호는 바로 그 부분을 지적한 것이고.

"하루 이틀에 바꾸기는 쉽지 않을 겁니다. 꾸준히 연습하고 연구하면 좋은 결과가 있을 겁니다."

"고마워요, 석 공자님. 덕분에 머리가 맑아졌어요."

"별말씀을."

"저어, 실례가 안 된다면 내일도 대련을 부탁해도 될까요?"

팽나연이 조심스럽게 물었다.

이번 대련으로 그녀는 다시 한번 확실하게 깨달았다.

자신이 생각했던 것만큼, 아니 그 이상으로 석진호가 강하다는 사실을 말이다.

가문의 후광과 재능만 믿고 거들먹거리는 후기지수와 달리 석진호는 '진짜' 고수였다.

'최소 절정. 어쩌면 그 이상.'

반박귀진은 아니었지만 이상하게 무위를 가늠하기가 쉽지 않았다.

하지만 팽나연은 그걸 이상하다 생각하지 않았다.

애초에 하수가 고수를 가늠한다는 것 자체가 말이 되지 않아서였다.

대신 그녀는 슬쩍 한쪽에 서 있는 백상건을 쳐다봤다.

머엉.

팽나연만큼이나, 아니 그 이상으로 놀랐다는 듯이 백상건은 벌레가 들어가도 모를 정도로 넋을 잃은 채 입을 쩍 벌리고 있었다.

그리고 그건 옆에 나란히 서 있던 정마룡과 탁윤도 마찬가지였다.

석진호가 강하다는 사실은 알고 있었지만 이렇게 무림인과 대련하는 건 처음 보는 두 사람이었다.

그렇기에 충격이 어마어마한지 좀처럼 입을 다물지 못했다.

"좋습니다. 저 역시 얻는 게 있으니."

"공자님이요?"

기뻐하는 것도 잠시 팽나연이 어리둥절한 표정을 지었다.

지금 석진호의 수준이면 자신과 대련을 한다고 해서 이득이 될 만한 게 없었다.

그래서 그녀는 의아한 표정을 감추지 못했다.

"예. 혼자서 할 수 있는 수련은 한계가 있으니까요."

냐아옹. 냐옹.

대련이 끝났다는 것을 알아차린 모양인지 담벼락 위에 있던 흑휘가 다가와 연신 몸을 비볐다.

그런데 눈빛이 평소와 달랐다.

재미있는 구경을 했다는 듯이 두 눈을 반짝이며 석진호의 다리를 왔다 갔다 하며 비비다가 냉큼 어깨 위로 올라와 볼을 핥았다.

"귀, 귀여워!"

그리고 그 모습에 팽나연이 녹아내렸다.

애교를 부리는 흑휘의 모습에 대화를 나누던 것도 잊고서 온 정신이 팔렸던 것이다.

하지만 정작 시선을 받는 흑휘는 그녀를 거들떠도 보지 않았다.

"만져 보고 싶다……."

그 사실을 누구보다 잘 아는 팽나연이 시무룩한 얼굴로 중얼거렸다.

친해져 보려고 갖은 노력을 다했으나 아직 만져 보지는 못했다.

일정 거리 이상을 흑휘가 허락하지 않아서였다.

그나마 석진호와 함께 있을 때는 피하지 않았지만 손길까지는 허락하지 않았다.

"잘 썼다, 마룡아."

침울한 얼굴로 중얼거리는 팽나연을 일별한 석진호가 정마룡에게 도를 던졌다.

그러자 정마룡이 퍼뜩 놀라며 날아오는 도를 받았다.

"대, 대단하십니다! 역시 공자님이세요!"

"아부해도 달라지는 건 없어."

"이건 진심입니다! 소인 정마룡, 탄복, 또 탄복했습니다!"

"머리에 잘 담아 둬. 지금은 잘 모르겠지만 나중에는 너에게 큰 도움이 될 테니까."

"각골명심하겠습니다!"

정마룡이 보내오는 부담스러운 눈빛에 석진호는 고개를 절레절레 저었다.

늘 생각하는 거지만 적당히를 모르는 것 같아서였다.

'그나저나 너무 많이 드러냈나?'

석진호의 시선이 백상건에게로 향했다.

여전히 입을 다물지 못하고 있는 그에게로 말이다.

그런 백상건의 모습에 석진호는 입맛을 다셨다.

진지한 팽나연으로 인해 너무 흥이 올라 쓸데없이 많은 걸 보여 준 것 같아서였다.

'뭐, 이 정도는 천재의 수준이니까.'

처음 생각했던 것보다 많이 보여 준 셈이 되었지만 그렇다고 크게 문제 될 수준은 아니었다.

그렇기에 석진호는 이내 관심을 끄며 애교를 떠는 흑휘의
볼을 긁어 주었다.

툭.
석가장에서 내준 처소로 돌아온 백상건은 붓을 내려놓으
며 본가로 보낼 서찰을 다시 한번 확인했다.
오타가 있나 확인했던 것이다.
겸사겸사 먹물이 마르도록 시간도 주면서 말이다.
그러자 오늘 있었던 팽나연과 석진호의 비무가 떠올랐다.
"천재, 인가."
팽나연을 말 그대로 가지고 놀던 석진호의 모습에 백상건
은 다시 한번 소름이 돋았다.
그러면서 미간을 좁혔다.
아무리 재능이 늦게 발아했다고 하지만 오늘 보여 준 석진
호의 실력은 단순히 재능으로 평가할 수 있는 수준이 아니었
다.
그러기에는 대련을 운영하는 감각이 범상치 않았다.
마치 백전노장과도 같은 모습을 떠올리며 백상건은 고개
를 저었다.
"그렇다고 해도 그건 보여 줄 수가 없는 것들인데. 심지어
무공에 입문한 지 일 년도 채 안 된 상태고."
백상건의 가장 큰 의문이 바로 이것이었다.

석가장에 찾아오기 전 그는 석진호에 대해 모든 것을 조사했다.

하북팽가의 정보 조직을 이용해 석진호의 일생을 모조리 파헤쳤던 것이다.

그래서 그는 더욱더 석진호의 실력을 믿을 수 없었다.

"다른 사람이 된 것 같지만, 다른 사람은 아니지. 만약 그랬다면 주변 사람들이 모를 수가 없지."

지금까지 석진호는 방치되어 있었다.

명문 세가 어디에나 존재하는 그저 그런 서출로서 말이다.

그런데 어느 시점을 기점으로 석진호는 달라졌다.

툭. 툭. 툭.

문제는 그 변화가 납득이 된다는 점이었다.

또한 재능이 늦게 개화하는 경우는 의외로 적지 않았다.

"실력은 최소 초일류. 어쩌면, 절정일지도."

백상건의 눈매가 꿈틀거렸다.

이성적으로는 초일류가 현실적인 수준이라 생각하지만 왠지 그의 감은 절정 고수일 거라고 말하고 있었다.

무인으로서 본능적인 감이 말이다.

하지만 아무리 그래도 일 년도 채 되지 않은 이가 절정지경에 오른다는 것은 불가능했다.

"영약을 먹었다면 모를까 단순히 운공만으로 강기를 이룰 공력을 쌓는 것은 불가능하지. 그렇다고 석가장에서 전폭적인 지원을 해 주는 것이라면 또 모르겠지만 보아하니 그건 절대 아닌 것 같고."

백상건이 고개를 저었다.

처소만 봐도 현재 석진호가 석가장에서 어떤 대우를 받는지, 어느 정도의 위치인지 알 수 있었다.

그렇기에 영약은 절대 아니었다.

물론 태산에서 마주쳤던 만큼 영초를 얻었을 가능성도 있지만 그건 말 그대로 가능성이었다.

열일곱 청년이 쉽게 구할 수 있다면 영초는 더 이상 영초라 불리지 않을 것이고 무림에서 고수 아닌 사람은 없을 터였다.

"결국 천재성이라는 뜻인데……."

다시 제자리로 왔다.

그러나 문제는 천재성이라는 세 글자로 모든 게 설명되지는 않는다는 것이었다.

"답이 안 나오는 문제야."

결국 백상건은 고개를 절레절레 저었다.

그리고 그에게는 석진호 말고도 생각해 봐야 할 문제가 더 있었다.

"아가씨."

백상건의 뇌리에 팽나연이 떠올랐다.

정확하게는 무림호걸 같았던 모습은 완전히 사라지고 소

무인환생

녀소녀한 모습만 남은 석진호 앞의 팽나연을 말이다.

그녀가 태어나서 지금까지 모든 순간을 봐 왔었지만 맹세코 그런 모습은 처음이었다.

숱한 남자들의 구애에도 콧방귀만 뀌던 팽나연이, 심지어 백도무림 최고의 후기지수들이라는 육룡조차도 거들떠보지도 않았던 그녀가 석진호의 앞에서 어쩔 줄 몰라 하는 모습은 그에게 충격적이었다.

"허허, 어쩔 수 없이 여인이라는 것이겠지. 소녀에서 여인이 된 것이기도 하고."

그런데 걱정과 달리 백상건은 흐뭇한 미소를 머금었다.

걱정은 되지만 소녀였던 팽나연이 여인이 된 것은 분명 좋은 일이었다.

팽 가주와 마찬가지로 그 역시 팽나연이 화목한 가정을 꾸리길 바라기도 했고.

"그렇게 따지면 혼처로 나쁘지는 않은데 말이지. 석가장의 외면받는 서출. 그런데 실력은 육룡 못지않고. 데릴사위로 들이기 딱이지."

가문도 상계에서는 명문이라 불리는 석가장이었다.

물론 적자가 아닌 서출이었지만 백상건은 그게 장점이라 생각했다.

적자였다면 출가외인이라는 말처럼 팽나연이 석가장으로 가야 했겠지만 석진호는 서출이었다.

굳이 석가장에 머물 필요가 없는.

"잠재력을 따지자면 육룡과 비교할 수도 없지. 일 년도 안되어 이만큼 성장했는데 십 년 후에는?"

명문 세가, 대문파 출신으로 이루어진 육룡은 과연 그곳 출신이라는 말이 절로 나올 정도로 훌륭한 인재들이었다.

하지만 반대로 말하면 당연한 결과이기도 했다.

그러나 석진호는 달랐다.

잘 관리된 텃밭에서 자라난 육룡과 달리 석진호는 야생에서 홀로 피어난 꽃이었다.

"심지어 제대로 알려지지 않았지."

백상건의 눈빛이 달라졌다.

석가장 태상장주의 칠순연 때 화산파와 종남파의 장로들이 관심을 보였다고 하지만 그건 인재로서의 관심이지 한 명의 무인으로서 관심을 보인 것은 아니었다.

하지만 지금의 석진호는 한 명의 당당한 무인이었다.

육룡과 비교해도 배경 빼고는 뒤떨어질 게 없는.

"나쁘지 않아."

"뭐가 나쁘지 않아요?"

"흐헉!"

옆에서 갑자기 들려오는 미성에 백상건이 화들짝 놀랐다.

그런데 그 반응에 다가왔던 팽나연이 더 놀랐다.

"깜짝이야!"

"아, 아가씨?"

"무슨 생각을 하는데 제가 들어온 것도 몰라요? 문 두드리는 소리도 못 들으시고."

"그, 그러셨습니까?"

백상건이 깜짝 놀란 표정으로 자리에서 일어났다.

그러고는 여전히 당혹스러운 얼굴로 팽나연에게 자리를 권했다.

"고민거리라도 있으세요?"

"아뇨, 없습니다."

"흐음, 있는 거 같은데요?"

"아까 전에 있었던 아가씨와 석 공자의 대련을 떠올리고 있었습니다."

자신을 지그시 쳐다보는 팽나연의 시선에 백상건이 결국 백기를 들었다.

굳이 숨길 이유가 없기도 했고.

"대단하시죠?"

"예. 충격적일 정도로요. 사실 전 아가씨가 과대 포장을 한 건 아닐까 생각했거든요."

"저 되게 객관적이고 냉철한 사람이에요."

팽나연이 씨익 웃으며 손가락을 휘휘 저었다.

그런데 그게 거만하기보다는 귀엽게 보였다.

"맞습니다. 제가 과소평가했습니다. 석가장에서 그만한 재능이 나올 줄이야."

"후후후!"

팽나연이 환하게 웃었다.

이상하게도 자신을 칭찬하는 것처럼 기분이 좋아졌던 것이다.

"너무 좋아하시는 거 아닙니까?"

"무슨 말씀이세요?"

은근한 어조로 묻는 백상건의 말에 팽나연이 정색하듯 표정을 바꿨다.

하지만 이미 모든 걸 다 본 백상건이었다.

"저는 아직 혼례를 안 올려서 잘은 모르지만, 너무 좋아하는 티를 내면 좋지 않다고 들었습니다."

"삼촌이 무슨 말을 하는 건지 모르겠어요."

팽나연이 시치미를 뚝 뗐다.

근데 그것조차도 백상건에게는 귀엽게 다가왔다.

"허허허."

"삼촌이 보시기에는 어떠셨어요?"

"석 공자 말입니까?"

"예."

백상건은 애써 화제를 돌리려는 팽나연의 의도에 못 이긴 척 넘어갔다.

여기서 더 놀리면 안 되겠다는 생각이 들어서였다.

무인환생

게다가 방금 전까지 그의 화두이기도 했고.

"강하죠. 나이에 비해서는 물론이고 입문한 시기를 생각하면 말이 안 될 정도로."

"어느 정도예요?"

"최소 초일류로 보고 있습니다. 절정일 수도 있고요. 근데 사실 절정은 말이 안 되기는 하지요."

"이미 지금도 말이 안 되는 수준인데요."

팽나연의 표정이 몽롱해졌다.

동갑이라고 보기 힘들 정도로 성숙한 면모도 면모지만 진짜는 무위였다.

직접 상대해 봤기에 그녀는 알았다.

아직 석진호가 자신의 모든 걸 전부 다 드러내지 않았다는 사실을 말이다.

"저도 동의합니다."

"대체 어떻게 그리 강해진 것일까요?"

"그건 저도 궁금합니다. 말도 안 되는 성장세이니. 하지만 저는 다른 의미에서 석 공자에게 감사하고 있습니다."

"다른 의미요?"

표정을 가다듬으며 팽나연이 짐짓 모르는 척 물었다.

그러자 백상건이 의미심장하게 웃었다.

"아가씨가 가장 잘 알고 계실 거라 생각합니다."

"저는 모르겠는데요?"

"그러시다면야."

백상건이 어깨를 으쓱거렸다.

굳이 자기가 먼저 거론하지 않겠다는 뜻이었다.

"며칠 더 머물러도 되죠?"

"가주님께서 따로 언제까지 오라는 말씀은 없으셨습니다. 다만, 조금은 걱정하시는 것 같습니다. 아무래도 아가씨께서 석가장에 계시는 게 안 알려질 수는 없으니까요."

"같은 후기지수끼리 어울리는 건데요. 비무도 하고 의논도 나누고."

"지금까지 그런 적이 없으셨으니까요."

"그럼 삼촌도 함께하시는 건 어때요?"

팽나연의 눈동자에 장난기가 서렸다.

마치 꿍꿍이속이 있는 눈빛이었다.

"함께하다니요?"

"삼촌도 궁금하지 않으세요? 석 공자님의 실력이 어디까지 닿아 있는지. 저는 엄청 궁금한데."

"흐음."

백상건이 턱을 쓰다듬었다.

확실히 그도 궁금하기는 했다.

너무 말도 안 되는 성장을 보여 주었으니까.

게다가 비무를 하다 보면 자연스레 석진호에게 도움을 줄 수도 있을 테고.

"바로 거절 안 하시는 거 보니까 마음이 조금은 있으신 모양이에요."

"나름 은혜를 갚을 수도 있겠다는 생각이 들어서요. 사실 신분패로는 부족한 게 사실이니까요."

"오늘은 조언까지 받았죠."

백상건은 긍정적으로 생각했다.

사실 무인으로서 호승심이 일기도 했고.

따사로운 햇살을 받으며 석진호가 오랜만에 아무 생각 없이 평상에 앉아 있었다.

나름 조용한 한때를 즐기는 것이었다.

"도련님!"

"왜, 유모."

"암만 봐도 흑휘는 천재묘인 것 같아요!"

아예 누워 버릴까 고민하던 찰나에 부엌에서 소하정의 목소리가 들려왔다.

무언가 대단한 발견이라도 한 것처럼 들뜬 기색으로 그를 향해 헐레벌떡 달려왔던 것이다.

그런데 놀랍게도 그녀의 품에 흑휘가 얌전히 안겨 있었다.

"천재?"

"예! 이것 좀 보세요. 흑휘야, 손."

척.

단숨에 석진호가 앉아 있는 앞마당의 평상으로 달려온 소하정이 흑휘를 내려놓고서는 오른손을 내밀었다.

그러자 흑휘가 냉큼 그녀의 손바닥 위로 자신의 앞발을 올렸다.

"아."

"이게 다가 아니에요. 흑휘야, 반대 손. 엎드려. 한 바퀴 돌아."

시큰둥한 석진호와 달리 소하정은 말귀를 척척 알아듣는 흑휘가 귀여운 모양인지 엉덩이를 들썩이며 신나 했다.

따로 훈련을 받지 않은 흑휘가 지시를 척척 알아들으니 놀랍기도 하고 신기하기도 했던 것이다.

"울어 봐."

야옹.

"이것 보세요. 누가 따로 훈련시키지도 않았는데 이렇게 잘해요!"

"흑휘는 평범한 고양이가 아니거든."

"천재묘인 거 같아요!"

석진호의 말이 들리지 않는 모양인지 소하정이 환하게 웃으며 귀여워 죽겠다는 듯이 흑휘를 껴안았다. 그런데 의외로 흑휘는 그녀의 거친 사랑에도 얌전히 있었다.

조금 불편하기는 했지만 그렇다고 범인인 소하정의 포옹을 못 견딜 정도는 아니어서였다.

냐아옹.

그래도 불편하기는 한 모양인지 살려 달라는 듯이 작게 울었다.

"어머, 미안. 많이 아팠지?"

"그 정도로는 안 아파. 호랑이도 때려잡는 녀석인데."

"에이, 농담도 심하시네요."

"진짜야. 다 큰 수컷 멧돼지도 잡아먹을걸."

야생에서 자라는 수컷 멧돼지는 맹수라고 해도 과언이 아니었다.

다 자란 녀석은 웬만한 호랑이에게도 돌진하는 흉포성을 지니고 있었다.

하지만 그런 녀석도 흑휘에게는 한 끼 식삿거리였다.

"유모니까 얌전한 거야. 다른 이였으면 만지지도 못했어."

"낯을 심하게 가리기는 하죠, 우리 흑휘가."

여전히 못 믿겠다는 기색으로 소하정이 흑휘의 머리를 쓰다듬었다.

그러자 나른한 모양인지 흑휘가 크게 하품을 했다.

"뭐, 편하게 생각해. 좋은 게 좋은 거니까."

"근데 도련님, 생일 지나면 하북팽가로 가실 거예요?"

"하북팽가?"

"예. 제가 한 눈치 하는데 도련님을 쳐다보는 팽나연 아가씨의 눈빛이 심상치 않아요. 마치 사랑에 빠진 여인의 눈빛이랄까요."

잠이 든 것처럼 얌전히 두 눈을 감고 있는 흑휘를 부드럽게 쓰다듬으며 소하정이 슬금슬금 엉덩이를 들이밀었다.

자연스럽게 석진호의 옆으로 다가왔던 것이다.

"호들갑 떨지 말고. 냉정하게 생각해 봐. 하북팽가의 금지옥엽이 뭐가 아쉬워서 날 좋아해?"

"운명을 느낀 걸 수도 있죠. 여자들이 그런 거에 얼마나 약한데요."

"결혼은 현실이야."

"연애부터 할 수도 있죠. 그러다가 혼인하는 거고."

"하북팽가나 석가장에서 연애결혼은 힘들지."

석진호가 단호하게 고개를 저었다.

남자 쪽이든 여자 쪽이든 가장이 결정하면 따라야 했다.

또한 스스로가 정략결혼에 이용될 거라는 사실을 잘 알기도 했고.

"도련님은 너무 염세적이세요."

"이왕이면 냉혹한 현실을 알고 있다고 말해 줘."

"그게 그거죠."

"몽상가보다는 현실주의자가 낫지 않아? 적어도 사고는 안 치잖아."

소하정이 볼을 부풀렸다.

반박하고 싶은데 맞는 말이라 따질 수가 없었다.

"저기……."

오랜만에 소하정과 티격태격하는데 월동문 너머에서 목소리가 들려왔다.

물론 인기척이야 진즉에 느꼈지만 일부러 모른 척하고 있었는데 입을 열자 석진호는 어쩔 수 없이 고개를 돌렸다.

"어머? 석만호 공자님?"

"오랜만이야. 하하하……."

소하정의 인사에 석만호가 어색하게 웃으며 앞마당으로 들어왔다.

그런데 그의 표정이 예전에 잠시 마주쳤을 때와는 사뭇 달랐다.

"뭐야?"

은근슬쩍 안으로 들어오는 석만호를 향해 석진호가 눈살을 찌푸렸다.

난데없는 등장에 휴식을 방해받은 느낌이 들어서였다.

"그래도 형제인데 너무 싫은 티 내는 거 아냐? 더구나 우리는 같은 입장이잖아."

"그건 네 생각이고."

석진호가 싸늘한 얼굴로 말했다.

동시에 예전에 짧게 나눈 대화가 떠올랐다.

"우리 관계가 앞으로는 달라질 수 있다고 생각하는데. 오늘이 그 시작이 될지도 모르고. 자."

"……."

석진호가 왜 자신을 싫어하는지 알았기에 석만호는 곧바로 본론을 꺼냈다.

그 역시 석진호가 껄끄럽기도 했기에 석만호는 자세한 설명 대신 들고 온 서찰을 건넸다.

"대공자님께서 보내신 서찰이야. 참고로 나는 안 읽어 봤어."

"내용을 알고 있는 것 같은데."

"나름 대공자님 휘하에서 어깨에 힘 좀 주고 다니니까."

누가 봐도 알아차릴 법한 억지웃음을 지으며 석만호가 대답했다.

그러더니 얼른 받으라는 듯이 곱게 접힌 서찰을 두어 번 흔들었다.

"흐음."

하지만 석진호는 석진룡의 서찰을 곧바로 받지 않았다.

그저 알 수 없는 표정을 지으며 눈앞에 놓인 서찰을 응시하기만 했다.

"……안 받을 거야?"

"읽어 보는 게 어려운 건 아니니까."

안절부절못하는 석만호를 잠시 쳐다보던 석진호가 피식

武人還生
무인환생

웃으며 서찰을 받았다.

그러고는 거침없이 포장을 뜯고서 내용을 확인했다.

착.

"벌써 다 읽었어?"

"별 내용 없더군. 근데 가기 전에 할 일이 하나 있다."

"할 일?"

"지난번의 대화를 잊은 건 아니겠지?"

부르르르!

석만호가 몸을 떨었다.

안 그래도 그때의 대화 때문에 이곳에 오기 싫었었다.

하지만 그는 명령을 내리는 쪽이 아닌 받는 쪽에 서 있었기에 석진룡의 지시를 거부할 수 없었다.

"그때의 자신감은 어디로 갔어?"

"어, 그러니까……."

석만호가 횡설수설했다.

예전의 석진호였다면 망설이지 않고 따귀부터 날렸을 터였다.

하지만 이제는 그럴 수 없었다.

비공식적이지만 육룡과도 비견되는 여고수인 팽나연에게서 승리한 게 석진호였다.

그런 석진호를 고작 이류 무사인 그가 어떻게 해 볼 수 있을 리 만무했다.

더구나 위상 자체가 달라졌고 말이다.

"너도 알고 있겠지. 대공자가 일부러 널 보냈다는 사실을."

"……."

"그렇게 꼬리를 흔들어서 얻은 게 고작 이거냐?"

석진호가 비아냥거렸다.

하지만 석만호는 얼굴만 붉힐 뿐 따로 입을 열지는 않았다.

굳이 석진호가 짚어 주지 않아도 그 역시 잘 알고 있었다.

또한 자신의 역할이 무엇인지도.

"……분 풀릴 때까지 때려. 각오하고 왔으니까."

"꼴에 자존심은 있다는 거냐?"

"비록 이류 무사이지만 나도 무인이니까."

터질 것처럼 붉어진 얼굴로 석만호가 눈을 질끈 감았다.

자존심이 상했지만 이게 그가 살아가는 방식이었다.

"고상한 척하기는."

"끄윽!"

"이거 하나로 끝낼 생각 없다. 내 새로운 신조가 당한 것 이상 갚아 주는 것이니까. 그러니 각오하는 게 좋을 거다."

복부를 부여잡고서 무릎을 꿇는 석만호를 일별하며 석진호가 지나쳐 걸어갔다.

하지만 석진호가 떠났음에도 석만호는 한참이나 땅바닥에 주저앉아 있어야 했다.

주먹질과 함께 내부로 들어온 기운이 전신 혈맥을 타고 흐르며 지독한 고통을 선사했기에 석만호는 한동안 꼼짝도 하지 못했다.

꽃

그림이며 도자기며 온갖 화려한 사치품으로 꾸며진 방 안에 들어온 석진호가 담담히 찻잔을 들었다.

난생처음 들어와 보는 석진룡의 집무실이었지만 석진호는 딱히 신기해하지 않았다.

그저 담담히 차를 들이켜기만 했다.

"이렇게 바로 올 줄은 몰랐는데."

"일찍 오길 바란 것 아닙니까?"

"물론 바로 와 주면 나야 좋기는 하지. 굳이 시간 낭비하지 않아도 되니까."

석진룡이 저번과는 확연히 달라진 눈빛으로 응시하며 대답했다.

시기와 질투는 사라지고 차분한 신색으로 찻잔을 들었다.

"저도 같은 생각이었습니다."

"요새 많이 바쁘다고?"

"예."

같은 아버지를 두었지만 형제라고 할 수는 없었다.

정실과 첩의 자식이라는 차이 때문이었다.

그리고 서출 출신들은 아버지를 아버지라 부를 수 없었다.

"피차 바쁜 입장이니 바로 본론으로 들어가마. 내 밑으로
와라."

"거절합니다."

"너에게……. 뭐라고?"

석진룡이 순간 멍한 표정을 지었다.

당연히 감지덕지하며 냉큼 받아들일 줄 알았는데 예상과
달리 단박에 거절하자 당황한 것이었다.

하지만 석진호는 아니었다.

"열여덟 번째 생일이 지나면 석가장을 떠날 겁니다."

"내가 거두어 주겠다는데도? 이게 얼마나 큰 기회인지 모
를 리 없을 텐데?"

"제 생각은 달라서 말이지요."

"허!"

석진룡이 어이없다는 표정을 지었다.

수많은 방계와 서출이 지금도 그의 손길을 기다리고 있었
다.

괜히 그가 기회라고 칭한 게 아니었다.

그런데 석진호는 그 기회를 스스로 차 버렸다.

"할 말 다 하셨으면 이만 일어나 보겠습니다."

"지금의 선택, 후회하게 될 거다. 지금 네가 무슨 생각을
하고 있는지 알아서 해 주는 말이다. 세상은 넓다."

무인환생

"명심하겠습니다."

석진호는 더 이상 얘기하지 않았다.

더 대화하고 싶지도 않을뿐더러 이 정도면 충분히 의견을 피력했다고 생각해서였다.

"한 가지 더."

하지만 석진룡은 아직 할 말이 남았는지 돌아서는 석진호를 향해 입을 열었다.

숨겨 두었던 눈빛을 다시 드러내면서 말이다.

"헛된 꿈은 꾸지 마라. 이건 형으로 하는 충고다. 사람은 제각기 분수가 있다. 그 분수를 모르고 날뛰면 탈이 나는 법이다."

"기억해 두겠습니다."

제11장 나 비싼 남잔데

은은한 고풍미가 있는 집무실에서 석명일이 보고서를 읽었다. 그런데 보고서를 읽는 그의 표정에 언뜻 흥미로움이 떠올랐다.

"비운(秘雲)."

"예, 장주님."

나지막한 석명일의 부름에 흑색 무복을 입은 중년인 한 명이 귀신처럼 나타나 앞에 부복했다.

그러나 석명일은 수신 호위이자 심복인 비운을 호출하고도 보고서에서 시선을 떼지 않았다.

"이게 사실인가?"

"예. 제가 직접 확인하고서 작성했습니다."

"사람이 이렇게 확 바뀔 수가 있나?"

"저도 의심이 되어서 몇 번이나 확인해 봤는데 사공자가 맞습니다. 그리고 만약 다른 이가 사공자를 연기하는 것이라면 지금처럼 행동하지는 않을 것입니다."

"하긴. 그게 가장 명확한 이유지. 또한 굳이 서출을 이용할 필요도 없고."

석명일이 고개를 주억거렸다.

억측이기는 하지만 만약 다른 세력이 석가장에 수작을 부리기 위해서 바꿔치기를 하려 한다면 석진호보다는 석기룡이나 석미룡을 노렸을 터였다.

서출보다는 적자여야 효과가 더 클 테니까.

때문에 억측은 억측일 뿐이었다.

"근데 신기하단 말이지. 이런 경우가 진짜 드문데. 거기다 재능이 늦게 개화했단 말이지. 화산과 종남이 탐이 낼 정도로 말이야."

"하지만 거절했습니다."

"그것도 의문이야. 화산파와 종남파 둘 중 하나를 고르기만 하면 창창한 미래가 보장되는데 그걸 걷어찼어."

"하지만 결과적으로는 나쁘지 않은 선택이라고 생각합니다. 비공식적이기는 하지만 도화를 이겼으니까요."

마치 석진호에 대한 모든 것을 알고 있다는 듯이 비운이 거침없이 대답했다.

그리고 그럴수록 석명일의 표정에 서린 흥미는 점점 짙어져 갔다.

　"비운, 솔직하게 말해 봐. 넌 이게 가능하다고 생각하느냐?"

　"불가능하지는 않다고 생각합니다. 세상에는 늘 예외적인 존재들이 있지 않습니까. 무림은 물론이고 상계에서도요."

　"천재라는 부류가 어느 날 갑자기, 뜬금없이 나타나기는 하지."

　석명일이 턱을 쓰다듬었다.

　첩의 자식이지만 어찌 됐든 그의 피를 이은 아이였다.

　그런 아이가 눈부신 재능을 보인다는데 싫어할 이유는 없었다.

　더구나 평생 동안 무력에 골치를 썩어 왔던 그에게 석진호의 존재는 불감청 고소원이었다.

　"다만 문제가 있습니다."

　"본장에 마음이 없다고?"

　"예. 보고서를 보시면 아시겠지만 지금까지 방치되어 있습니다."

　"말이 좋아 방치이지 실상은 버려져 있었다는 말이 맞겠지."

　"그렇습니다."

　무표정한 얼굴로 비운이 대답했다. 그의 생각 역시 석명일과 일치했기에 대답에 망설임은 없었다.

　"미룡이와 진룡이의 제안도 거절했다라."

"셋째 아가씨는 포기하지 않은 걸로 알고 있습니다."

"제일 좋은 건 진룡이가 포용하는 건데, 하아."

석명일이 한숨을 내쉬었다.

욕심은 크지만 안타깝게도 능력이 그 욕심을 따라가지 못하는 이가 석진룡이었다.

그렇기에 아직도 승계 전쟁을 끝내지 못한 것이고.

"태상장주님께서도 따로 부르신 적이 있습니다."

"대화 내용은?"

"알아본 바에 의하면 태상장주님께서도 사공자의 마음을 돌려 보려고 하신 듯합니다. 하지만 결과적으로는 실패했다고 들었습니다."

"흠."

석명일의 머리가 빠른 속도로 회전했다.

중원 상계의 거인으로 우뚝 섰지만 그는 아직 만족하지 못했다. 황금성이라 불릴 정도로 어마어마한 재산을 축적했지만 그는 아직 목말랐다.

금력을 손에 넣으니 다른 것도 갖고 싶어졌다.

'천하제일가.'

꼭 무림 세가만 천하제일가라는 다섯 글자를 소유하란 법은 없다고 생각했다. 하지만 금력만으로는 안타깝게도 천하제일가라는 이름을 손아귀에 넣을 수 없었다.

그런데 생각지도 못한 순간에 그 물꼬를 트여 줄 인물이 나타났다. 어쩌면 자신의 대에서 그걸 이룰지도 모를 새싹이 돋아난 것이다.

"대신이라고 할 수는 없겠지만 그래도 흥미로운 제안을 일 공자가 했습니다. 마지막 장을 보시면……."

"진룡이와 도화라."

비운의 말에 상념을 정리한 석명일이 마지막 장을 읽었다.

한데 서류를 보기 무섭게 석명일은 고개를 갸웃거렸다.

의도는 좋으나 실현 가능성은 낮다고 생각해서였다.

"속하는 나쁘지 않은 계획이라고 생각합니다."

"우리 입장에서는 그렇지. 그런데 하북팽가에서도 과연 그 럴까? 팽 가주가 금지옥엽을 우리에게 주려 하겠느냐? 아니, 근본적으로 도화는 진룡이에게 관심이 전혀 없다고 하던데."

"팽 가주의 마음을 돌릴 만한 대가를 주면 되지 않겠습니 까."

"그게 정답이기는 한데, 과연 그런 게 있을까?"

석명일이 회의적인 표정을 지었다.

아무리 하북팽가가 오대세가 중 말석에 가까운 위치라고 하지만 그래도 정도무림을 호령하는 명문 세가였다.

천하에서 다섯 손가락 안에 들어가는 거대한 세력이었고.

그런 하북팽가에 석가장이 해 줄 수 있는 건 그리 많지 않 았다.

"속하가 알아보겠습니다."

"한 가지 더. 진룡이에게 허튼짓하지 말라고 전해. 괜히 헛짓거리 해서 지금의 관계가 틀어진다면 그 죄를 묻겠다고."

"알겠습니다."

비운이 고개를 한차례 깊게 숙인 후 안개처럼 흩어졌다.

나타났을 때와 마찬가지로 소리 없이 사라졌던 것이다.

"흐음."

비운이 떠나고 석명일이 깊은 한숨과 함께 보고서를 뚫어져라 쳐다봤다.

하지만 정작 글자는 그의 머릿속으로 들어오지 않았다.

"직접 만나 봐야겠군."

잠시 후 복잡한 상념을 토해 내듯 석명일이 중얼거렸다.

이렇게 고민하는 것보다는 직접 만나서 대화를 나눠 보는 게 가장 확실할 것 같아서였다.

겸사겸사 넷째의 생각도 알아보고 말이다.

떠날 것처럼 행동한다고 하지만 정해진 건 아무것도 없었다.

황색 무복을 입은 중년인이 제자리에서 이리저리 왔다 갔다 반복했다.

그러더니 복잡한 얼굴로 월동문을 쳐다봤다.

마음은 당장에라도 들어가고 싶지만 차마 발걸음이 떨어지지 않는다는 표정이었다.

"후우."

복잡한 심사에 나오는 것은 한숨뿐이었다.

하지만 고민은 길지 않았다.

지금 그의 상황은 찬물 뜨거운 물을 가릴 때가 아니었다.

"들어가자."

도움을 요청하고자 직접 찾아갔으나 문전 박대를 당했다.

그렇기에 지금 그가 믿을 수 있는 건 한 사람밖에 없었다.

작년에 큰일을 겪고 성격이 많이 변했다고 해서 내심 걱정이 되었지만 그렇다고 포기할 수는 없었다.

이윽고 심호흡을 한 중년인이 월동문으로 걸어갔다.

야아옹.

"어?"

갑자기 들려오는 고양이 소리에 검을 패용한 중년인이 퍼뜩 놀라며 고개를 돌렸다.

그러자 담장 위에 엎드려 있는 고양이 한 마리가 눈에 들어왔다.

"아, 네가 그 녀석이구나. 진호가 키운다는."

고양이 특유의 날카로운 눈동자로 자신을 똑바로 쳐다보는 흑휘의 모습에 중년인이 어색하게 웃었다.

한낱 고양이에 불과한데 이상하게 주눅이 드는 느낌이 들어서였다.

하지만 고양이치고 범상치 않은 자태인 건 분명했다.

저벅저벅.

흑휘에게 손을 흔들어 준 중년인이 조심스럽게 월동문 안으로 들어갔다.

예전에는 아무렇지 않게 드나들던 곳인데 마음이 무거워서 그런지 오늘따라 앞마당의 풍경이 낯설게 느껴졌다.

"오랜만입니다, 덕월 아저씨."

"진호야."

석덕월의 눈동자가 살짝 커졌다.

마치 시간을 맞춘 것처럼 석진호가 건물 밖으로 모습을 드러내서였다.

"들어오시죠."

"그, 그래."

소문대로 확연히 달라진 분위기에 석덕월이 살짝 놀란 표정을 지었다.

하지만 얼굴이며 목소리는 그가 알고 있는 석진호가 분명했다. 체격이 달라지기는 했지만 아직 성장하는 시기고, 무공을 익힌다면 체형은 충분히 바뀔 수 있었다.

"오랜만이에요, 대표두님."

"그러네. 거의 일 년 만인 거 같아."

"아무래도 표국 일로 바쁘시니까요."

武人還生
무인환생

석진호의 방에 들어가기 무섭게 소하정이 간단한 다과상을 내왔다. 확 달라진 석진호와는 달리 여전히 푸근한 미소를 지으면서 말이다.

"하하하, 직급만 대표두지 사실은 그냥 표사나 마찬가지야. 중원이 좁다 하고 돌아다녀야 하는 건 똑같아."

"그게 다 국주님께서 대표두님을 신임해서 그런 게지요."

"일단은 그렇게 생각하고 있긴 한데, 글쎄."

석덕월이 묘한 웃음을 지었다.

긍정도 부정도 하지 않는 표정에 소하정은 눈치껏 더 이상 말하지 않았다.

그저 조용히 다탁 위에 쟁반을 내려놓고는 방을 나섰다.

"드시죠."

"고맙구나."

"별말씀을."

소하정이 가져다준 쟁반에서 다호를 들어 석진호는 손수 차를 따라 주었다.

손님인 만큼 예를 다했던 것이다.

그리고 그런 석진호를 석덕월이 지그시 바라봤다.

"많이 변했다는 소문을 들었는데, 정말이구나."

"이상합니까?"

"아니, 전혀. 보기 좋아."

"예전의 저는 너무나 한심했었죠."

"맞아. 기분 나쁘겠지만 사실이지. 주변 사람들이 답답해 하기도 했고."

석덕월은 부정하지 않았다.

심약한 성격이 제 탓은 아니지만 주변 사람들을 피곤하게 만들었던 것은 사실이었다.

또한 그나마 주위에 있던 사람들마저 떠나가게 만들었고.

하지만 중요한 건 그걸 석진호는 스스로 이겨 냈다는 점이 었다.

그게 석덕월은 기특했다.

"앞으로는 달라질 겁니다."

"그래서 보기 좋아. 이제는 걱정하지 않아도 되겠어."

"저도 이제는 나이가 있으니까요."

"고작 열일곱 주제에."

석덕월이 피식 웃었다.

애늙은이처럼 말하고 있지만 석진호의 나이는 이제 겨우 열일곱이었다.

약관도 되지 않은 나이였기에 석덕월은 기가 차다는 듯이 코웃음을 쳤다.

"열일곱이면 다 컸죠."

"아직 멀었어."

"성년이 코앞인데요. 나갈 때가 되면 성년으로 인정받는 거 아저씨도 아시잖아요."

무인환생

"잘 알지. 나 역시 석가장에서 살았으니까. 누구보다 너의 상황에 대해서 잘 알기도 했고."

석덕월이 쓴웃음을 지으며 차를 들이켰다.

그 역시 서출 출신이었기에 석진호의 상황에 대해서 너무나 잘 알았다.

그래서 석가장에 방문할 때마다 챙겨 주기도 했고.

어린 시절 그를 보는 듯해서 말이다.

"아저씨께는 늘 감사하고 있습니다."

"그런 녀석이 굶어 죽으려고 했어?"

"한때의 치기는 누구에게나 있는 법이죠."

"그래도 너무 갔어."

석덕월이 장난스럽게 타박했다.

아무리 힘들고 답답했어도 자살은 옳지 않았다.

"앞으로 그런 일은 없을 겁니다."

"당연히 그래야지. 아무리 괴롭고 포기하고 싶어도 버텨야 돼. 버티고 또 버티면 기회는 언젠가 오게 되어 있어. 이런 말도 있잖아. 강한 자가 살아남은 게 아니라 살아남은 자가 강한 자라고."

"명언이죠."

"나도 그렇게 생각해."

"그래서 고민이 뭡니까?"

석덕월이 순간 움찔거렸다.

생각지도 못한 질문에 당황한 것이었다.

반면에 석진호는 차분했다.

"……그렇게 티가 났어?"

"예."

"인생 헛살았네. 내 반도 살지 못한 녀석에게 간파당한 거 보면."

"표정 관리는 괜찮았어요. 다만 제 눈썰미가 뛰어나서 그런 거지."

허탈하게 웃는 석덕월을 향해 석진호가 짐짓 위로하듯 말했다.

그러나 석덕월은 좀처럼 실소를 멈추지 못했다.

"네가 알아차렸다는 것에서부터 이미 실패한 거야. 괜찮기는."

"무슨 일인데요?"

"그러니까…… 후우."

석진호가 운을 띄웠음에도 석덕월은 쉽사리 입을 열지 못했다.

그나마 희망이 있는 게 석진호였지만 문득 자신이 이렇게 부탁해도 되나 싶어서였다.

오죽 능력이 부족하면 석진호에게 매달리나 싶기도 했고.

하지만 이제 믿을 건 눈앞의 석진호밖에 없는 게 현실이었다.

"천천히 말씀하셔도 됩니다."

"백마표국 알지?"

"모를 수가 없죠. 석풍표국의 자리를 노리는 곳이잖아요. 예전부터 어떻게든 석풍표국을 끌어내리려고 했던."

"물증은 없는데 정황상 그 녀석들이 흉계를 부렸어."

"흉계요?"

석덕월이 방문했을 때부터 석진호는 대략 짐작하기는 했다.

석풍표국의 대표두이자 국주, 부국주에 이어 서열 삼 위라고 할 수 있는 이가 석덕월이었기에 추측은 쉬웠다.

그런데 얘기를 들어 보니 단순한 문제가 아닌 듯싶었다.

"응. 일이 고약하게 꼬였어."

얼굴 가득 심기 불편한 표정을 지으며 석덕월이 폭풍처럼 이야기를 쏟아 냈다.

가슴속에 쌓여 있던 답답함을 토해 내듯 현재 처한 사정을 일목요연하게 설명했던 것이다.

"아저씨 말대로라면 확실히 백마표국이 작정하고 벌인 짓 같네요."

"어쩌면 다른 표국들과 연계해서 벌인 짓일 수도 있고. 하지만 중심은 백마표국 같아. 물증이 없어서 문제지."

"그래서 백 대협의 도움이 필요하다, 이 말씀이시죠?"

"으응. 붕산철권 백 대협은 하북팽가를 대표하는 고수이기도 하지만 하북성에서도 열 손가락 안에 들어가는 고수시니까. 아무리 흑오채(黑烏寨)가 녹림십팔채(綠林十八寨)에 속해 있다고 하지만 상대가 백 대협이라면 얘기가 달라지지. 우리도 가만히 구경만 하고 있을 생각은 없고. 최절정 고수가 없을 뿐이지 석풍표국의 전력이 약한 건 결코 아니니까."

애초에 흑오채가 뻗댈 수 있는 것도 채주인 거력대부(巨力大斧) 때문이었다.

하지만 붕산철권 백상건이 나서 준다면 강탈당한 표물을 되찾는 것은 물론이고 흑오채 자체를 와해시킬 수 있었다.

산적들의 특성상 몰살은 못 시켜도 흑오채라는 산채 정도는 충분히 박살 낼 수 있었기에 석덕월이 간절한 눈빛으로 석진호를 쳐다봤다.

백마표국의 방해로 인해 연이 닿아 있는 고수들에게 퇴짜 아닌 퇴짜를 맞은 석풍표국이 이제 믿을 것이라고는 석진호뿐이었다.

"장주님께는 부탁해 보셨습니까?"

"그게, 문제가 좀 있어. 장주님께 부탁드리면 해결은 되겠지만 시간도 걸릴뿐더러 국주님의 신망에 문제가 생겨."

"하긴."

"게다가 백 대협은 현재 여기에 계시잖아. 시간을 단축시킬 수 있지. 물론 도움을 주신다는 전제가 붙지만."

석덕월이 마른침을 삼키며 대답했다.

무인환생

현재 가장 좋은 방법은 석진호의 도움을 받아 백상건의 조력을 받는 것이었다.

그렇기에 석덕월이 간절한 눈으로 석진호를 바라봤다.

"근데 저라고 가능하겠습니까?"

"모른 척하기는. 백 대협이랑 팽 소저와 평범한 사이 아닌 거 다 알고 왔다. 두 사람이 매일 이곳에 찾아온다는 것도 알고 있고."

"다 알아보고 왔다는 뜻은 이미 한번 거절을 당했다는 뜻이겠지요?"

"그, 그렇지."

석덕월이 어색하게 웃었다.

그러면서 냉큼 석진호의 손을 붙잡았다.

"부탁한다, 진호야! 말이라도 좀 꺼내 주면 안 될까? 내 이 은혜는 절대 잊지 않으마!"

"그렇게 말씀하셔도 성공할 가능성보다 실패할 가능성이 큽니다. 알려진 것처럼 딱히 대단한 인연이 아니에요."

"그래도 말은 꺼내 볼 수 있잖아. 별채에 머물면서 만남을 허락한 이는 지금까지 장주님밖에 없어. 그마저도 장주님이 직접 찾아간 거고. 그런데 두 사람은 매일같이 이곳으로 오잖아."

"흐음."

석진호의 시선이 고개를 숙인 석덕월에게로 향했다.

그러다가 이내 떨리는 손으로 자신을 붙잡고 있는 석덕월의 양손을 쳐다봤다.

굳은살과 온갖 흉터로 가득한 손을 보자 한 줄기 기억이 그의 뇌리를 스치고 지나갔다.

본래 주인인 석진호의 기억이었다.

'은혜라.'

모두가 무시하고 업신여기던 그를 마치 조카처럼 챙겨 주던 이가 눈앞에 있는 석덕월이었다.

표사이기에 자주 석가장에 찾아오지는 않았지만 볼일이 있어 장원에 들어올 때마다 늘 그에게 용돈과 선물을 줬었다.

말은 하지 않았지만 묵묵히 응원해 주기도 했고.

'받은 게 있다면 갚아야 하는 게 인지상정이겠지.'

게다가 녹림채라는 게 석진호의 관심을 끌기도 했다.

정확하게는 흑오채보다 잿밥에.

"자리를 만들어 준다면, 아니 넌지시 운이라도 띄워 준다면 그걸로 충분해. 그 이후는 내가 어떻게든 할 테니까."

"알겠습니다."

"어?"

"말은 해 볼게요. 말을 꺼내는 게 어려운 건 아니니까. 하지만 큰 기대는 하지 마세요."

"고맙다! 정말 고마워! 이 은혜는 절대 잊지 않을게!"

武人還生
무인환생

검게 변해 가던 석덕월의 표정이 대번에 밝아졌다.

아직 결정된 건 아무것도 없지만 그럼에도 그는 기뻐했다.

적어도 물꼬는 틔울 수 있었기에 석덕월은 석진호의 두 손을 붙잡은 채로 연신 고맙다는 말을 반복했다.

"너무 기대하지 말라니까요. 잘될 확률보다 잘 안될 확률이 높으니."

"일단 네가 나서 준다는 것 자체가 고맙다는 거야. 잘되면 더 고마울 테고."

"빚 달아 놔요. 제가 원래 이렇게 남의 부탁 들어주는 성격 아닌데."

"암! 당연히 알지. 잘 풀리면 국주님께 말씀드리고, 잘 안되어도 내 선에서 어떻게든 빚을 갚으마."

석덕월이 가슴을 탕탕 쳤다.

그 호언장담에 석진호는 피식 웃으며 자리에서 일어났다.

호랑이도 제 말 하면 온다고 멀리서 익숙한 기운이 느껴져서였다.

"일어나시죠. 기다리던 분들이 오고 계시는 거 같으니."

"흠!"

석덕월의 눈동자에 은은한 감탄이 서렸다.

절정 고수인 자신보다 먼저 두 사람의 기척을 느꼈다는 데 놀란 것이었다.

그러면서 괜히 주변에서 천재, 천재 그러는 게 아님을 느졌다.

'나도 나름 절정 고수인데 말이지.'

순수한 노력파라 할 수 있는 석덕월이 속으로 씁쓸히 중얼
거렸다.

아등바등, 겨우겨우 절정지경을 밟은 게 불과 삼 년 전이
었다.

초일류에서 절정의 벽을 뚫기까지 무려 십 년이라는 시간
이 걸렸었다.

그런데 석진호는 불과 열일곱의 나이에 그와 비교해도 크
게 뒤떨어지지 않는 듯했다.

'재능의 차이. 이게 얼마나 큰 것인지 너무나 잘 알지만,
그래도 씁쓸하군.'

자리에서 일어난 석덕월이 석진호를 따라 밖으로 나왔다.

그러자 멀리서도 단번에 눈에 띌 듯한 장신의 두 명이 그
의 눈에 들어왔다.

"좋은 아침입니다, 석 공자님."

"잘 주무셨나요?"

마중을 나오는 석진호를 발견한 백상건과 팽나연이 환하
게 웃으며 더욱 빠르게 다가왔다.

그런 둘에게 석진호 역시 정중하게 포권했다.

"예."

"어, 자네는……."

석진호의 마중에 반가운 얼굴로 다가오던 백상건의 미간이 살짝 좁혀졌다.

천천히 다가와 석진호의 뒤에 서는 석덕월을 발견한 것이었다.

반면에 석덕월을 모르는 팽나연은 잠시 시선을 두다가 이내 석진호에게 말을 걸었다.

검을 차고 있기에 무인이라는 걸 알 수 있었지만 딱히 관심이 가지는 않는다는 표정이었다.

"석덕월이라고 합니다, 백 대협. 어제 제가 찾아갔었지요."

"기억하고 있네. 석풍표국의 대표두라고."

"맞습니다, 하하."

석덕월이 넉살 좋게 웃으며 대답했다.

하지만 그의 친근한 미소에도 백상건은 떨떠름한 표정을 지었다.

이자가 왜 여기 있나 하는 표정이었다.

"일단 들어오시죠."

급속도로 서먹서먹해지는 분위기에 석진호가 나섰다.

일단은 안에서 대화를 하는 게 좋을 것 같아서였다.

이곳의 주인이 그이기도 했고.

"알겠습니다."

"흑휘야! 이리 온!"

조금은 복잡한 표정으로 월동문을 넘는 백상건과 달리 팽나연은 해맑게 웃으며 오늘도 어김없이 담벼락 위에 앉아 있는 흑휘에게 손을 뻗었다.

물론 빈손은 아니었다.

이제는 흑휘의 성향을 알았기에 팽나연은 미리 준비한 특제 육포를 길게 찢어 코앞에서 살랑살랑 흔들었다.

냐, 냐아옹.

한입에 뜯어 먹기 딱 좋은 크기로 맛있는 냄새를 물씬 풍기면서 좌우로 흔들리는 특제 육포의 모습에 흑휘의 눈동자역시 자연스레 따라갔다.

그리고 몸 역시 자기도 모르는 사이에 육포 쪽으로 기울어졌다.

"후후후! 먹고 싶지?"

츄릅!

놀리듯이 특제 육포를 휙 당기는 팽나연의 모습에 흑휘가 자기도 모르게 입술을 핥았다.

갈 것이냐 말 것이냐, 자존심을 굽힐 것이냐 세울 것이냐고민하는 듯한 모습이었다.

"자, 이리 와. 그럼 이 육포는 네 거야! 흑휘 네가 좋아하는 꿩고기로 만든 육포도 있단다."

냐옹!

결국 흑휘가 팽나연의 품으로 날았다.

끝내 유혹을 이기지 못한 것이었다.

武人還生
무인환생

"후후후후!"

냉큼 품에 안기며 야무지게 육포를 뜯는 흑휘의 모습에 팽나연이 세상을 다 가진 듯한 표정을 지었다.

처음에는 그토록 낯을 가리던 아이가 이제는 품 안에서 얌전히 육포를 뜯고 있다는 사실에 팽나연은 행복한 얼굴로 머리와 등을 쓰다듬었다.

으적으적.

그러나 정작 흑휘는 그 손길을 느끼지 못하는 듯 육포에만 온 신경을 집중했다.

소하정이나 탁윤이 간식을 안 주는 것은 아니지만, 사냥을 안 하는 것도 아니지만 팽나연의 육포는 특별했다.

그 어떤 것보다 고급품 같은 느낌과 맛이었기에 흑휘는 정신없이 육포를 뜯었다.

방 안의 인원이 두 명 늘었다.

아니, 정확하게는 두 명과 고양이 한 마리가 추가되었다.

하지만 인원이 늘어났음에도 방 안에는 오히려 침묵이 내려앉았다.

'으음!'

그 원인이라고 할 수 있는 석덕월은 마주 앉은 백상건의 눈도 마주하지 못한 채 식은땀을 뻘뻘 흘렸다.

나름 표국계에서는 신망과 인정을 받고 있는 대표두이자

절정 고수인 석덕월이었지만 고작 그 정도로는 붕산철권에 비벼 볼 수 없었다.

애초에 신분은 물론이고 실력부터가 비교할 수 없었기 때문이다.

"어제의 일과 연관되어 있는 모양입니다."

"혹 설명을 들으셨는지요?"

석덕월을 일별하며 입을 여는 백상건을 향해 석진호가 담담하게 물었다.

그 말에 백상건이 작게 고개를 끄덕였다.

"대략적인 설명은 들었습니다. 흑오채에 표물을 강탈당해 현재 석풍표국이 난감한 상황에 처해 있다고 말이죠."

"중요한 내용은 다 들으셨군요."

"혹시 그걸 부탁하시려는 겁니까?"

백상건의 시선이 석진호에게 닿았다.

정황상 그것 말고는 이 자리가 설명되지 않아서였다.

"부탁이라."

탁.

묘한 얼굴로 석진호가 곱씹듯이 중얼거렸다.

그러더니 품 안에 있던 물건을 탁자 위에 올려놓았다.

바로 얼마 전 팽나연이 선물이라고 건넨 하북팽가의 신분패였다.

"부탁을 드릴 생각은 없습니다. 애초에 이런 걸 바라지도

武人還生
무인환생

않았고요. 팽 소저를 도와드린 건 당연히 도움을 줘야 할 상황이었기에 나선 것뿐입니다. 딱히 무언가를 바라서가 아니라."

나지막하지만 묘한 힘이 담긴 말에 백상건은 물론이고 흑휘를 쓰다듬던 팽나연의 표정 역시 굳어졌다.

알 수 없는 압박감이 두 사람을 짓눌렀던 것이다.

마치 심신을 짓누르는 듯한 묘한 느낌에 둘은 경직된 얼굴로 석진호를 쳐다봤다.

"그러니 돌려드리겠습니다."

"아니, 굳이 그러지 않으셔도……."

"다른 사람들에게는 모르겠으나 저에게는 있어도 그만, 없어도 그만인 물건이니까요."

석진호가 말을 하며 옆을 힐끔거렸다.

그러자 역시나 두 눈이 튀어나올 정도로 금빛 신분패를 쳐다보는 석덕월을 확인할 수 있었다.

"제 뜻을 오해하신 것 같습니다, 석 공자님. 저는 결코 그런 의미가 아니라……."

"알고 있습니다. 근데 저에게는 정말 필요가 없어서요. 다만 제가 이 상황에서 신분패를 꺼낸 건 부탁드리기 위해서가 아니라는 것을 확실하게 알려 드리고 싶어서입니다."

"어, 음!"

백상건이 당혹스러운 표정을 감추지 못했다.

그러면서 그는 힐끔 옆에 앉은 팽나연을 훔쳐봤다.

역시나 예상했던 대로 그녀의 표정이 심상치 않았다.

"저는 순수하게 두 분께 한 가지 제안을 드리고 싶습니다."

"제안이라면?"

"만약 흑오채에 저와 함께 가 주신다면 두 개의 이점이 있습니다. 하나는 궁금증의 해결이고 다른 하나는 실전 경험입니다."

석진호의 시선이 백상건을 지나 팽나연에게로 향했다.

그러나 그 시선 어디에도 간절한 기색은 없었다.

되면 좋고, 안되어도 그만이라는 듯한 표정에 백상건이 재미있다는 표정을 지었다.

"궁금증의 해결이라. 혹시 흑오채주에 대해서 알고 계십니까?"

"거력패도라 불리며 산적들 중에서는 거두급이라 들었습니다."

"그런데도 자신이 있으십니까? 아실지 모르지만 흑오채주가 거력패도라 불린 지 어느덧 십 년이 지났습니다."

다음 권으로 이어집니다

무인환생

One for all
원포올

일라잇 스포츠 장편소설

**작렬하는 슛, 대지를 가르는 패스
한계를 모르는 도전이 시작된다!**

축구 선수의 꿈을 품은 이강연
냉혹한 현실에 부딪혀 방황하던 중
운명과도 같은 소리가 귓가에 들어오는데……

당신의 재능을 발굴하겠습니다!
세계로 뻗어 나갈 최고의 축구 선수를 키우는
'One For All' 프로젝트에, 지금 바로 참가하세요!

단 한 번의 기회를 잡기 위해
피지컬 만렙, 넘치는 재능을 가진 경쟁자들과
최고의 자리를 두고 한판 승부를 벌인다!

**실력만이 모든 것을 증명하는
거친 그라운드에서 당당히 살아남아라!**

기갑천마

거짓이슬 퓨전 판타지 장편소설

종말을 막지 못한 절대자
복수의 기회를 얻다!

무림을 침략한 마수와의 운명을 건 쟁투
그 마지막 싸움에서 눈감은 무림의 천하제일인, 천휘
종말을 앞둔 중원이 아닌 새로운 세상에서 눈을 뜨는데……

"천휘든 단테든, 본좌는 본좌이니라."

이제는 백월신교의 마지막 교주가 아닌 평민 훈련병, 단테
그럼에도 오로지 마수의 숨통을 끊기 위해
절대자의 일 보를 다시금 내딛다!

에이스 기갑 파일럿 단테
마도 공학의 결정체, 나이트 프레임에 올라
마수들을 처단하고 세상을 구원하라!